月亮是盏不灭的灯

陈少林 著

文化发展出版社
Cultural Development Press

图书在版编目（CIP）数据

月亮是盏不灭的灯／陈少林著 . －北京：文化发展出版社，2018.12
ISBN 978-7-5142-2504-4

Ⅰ.①月… Ⅱ.①陈… Ⅲ.①散文集－中国－当代 Ⅳ.① I267

中国版本图书馆 CIP 数据核字（2019）第 000500 号

月亮是盏不灭的灯

陈少林 著

出 版 人	武　赫		
主　　编	凌　翔		
策划编辑	肖贵平	责任编辑	孙　烨
责任校对	郭　平	责任印刷	杨　骏
责任设计	侯　铮	排版设计	浪波湾

出版发行	文化发展出版社（北京市翠微路 2 号　邮编：100036）
网　　址	www.wenhuafazhan.com
经　　销	各地新华书店

印　　刷	三河市华东印刷有限公司
开　　本	787mm×1092mm　1/16
字　　数	190 千字
印　　张	13
印　　次	2019 年 3 月第 1 版　2019 年 3 月第 1 次印刷
定　　价	49.80 元
ＩＳＢＮ	978-7-5142-2504-4

如发现任何质量问题请与我社发行部联系。发行部电话：010-88275710

目　录

第一辑　风中的姿势

从一滴露珠上履行新年　002
月光下的祖国　005
沉落与浮出　008
高处的秋天　010
有风的夜　013
风中的姿势　015
暗夜行路　018
月亮是盏不灭的灯　021
星光在上　024
致——　028
邂逅秋夜　030
春天的雪花　035
音　乐　037
做一片白云　040

第二辑　亲爱的麻雀

趁雪砍柴记　042
夏日正午的秘史　045
操持乐器的乡间游子　049
斗棋记　052

驯牛记　055
亲爱的麻雀　058
我当小贩的经历　063
我们的牛　066
有只土狗叫花虎　070
畜母之殇　073
童趣一幕　077
一碗元宵的秘密　079
汛期的惊慌　082

第三辑　秋日的私语

民歌手　086
五月之晨　088
秋日的私语　091
村庄之声　093
棉与稻进行曲　096
太阳直射棉花田　100
观止油菜花　103
草根山芋　106
白喜旧景　109
村景七月半　112
遭遇《倪氏家谱》　115
别样的夜晚　118
村庄里的另一座村庄　122

第四辑　铭刻的温情

皮夹子　126
永不消逝的脚步声　129
坍　塌　133
疼　痛　136
冬　夜　140
铭刻的温情　143
过渡的朋友　146
乡村会计　149
惟玉之殇　152
诗人杜圣魁　155
纪念一个农民　158
最高的位置　161
从现在开始　164

第五辑　朴素的幸福

坚守精神家园　168
先哲在途中　171
流动的书斋　174
朴素的幸福　176
春天最初的微笑　179
孤独的太阳　182
谁是白痴　186
男人的愤怒　189

一次意气之争　192
播种一点淡泊　195
关于水　197
正常与否的问题　200

第一辑 风中的姿势

从一滴露珠上履行新年

这是一年最早的一个日子——瞧啊,大幕已然徐徐拉开,一切又重新开始了!

在远村静墟,事物总是处在平常、朴素、宝贵的状态,例如蚂蚁的忙碌、蚯蚓的游弋,虽然显得又琐碎又卑微,但土地、雨水和草木总会适时地将它们的幸福凸显出来。对于远离繁华都市、犹若隔断红尘的我们来说,内心需要的不正是这样的孤寂和充实吗?我们在这样的孤寂和充实中不断去除空虚和茫然,仰望头上的天,打量脚下的地,从种子探出嫩苗的那个短暂过程中体悟生存的艰辛、快乐和希望,这与蚂蚁们的忙碌同样宝贵。我们的先人,就是这样生活了几千年,我们的后人当中肯定还会有一些人仍将这样生活下去,直到他们对"活着"这个词有了完全不同的理解并发现了新的意义为止。

现在,我的目光鸟似的掠过了窗外,我感觉到大地上千万种生命都在天光下探头探脑,那么欣悦和充满憧憬。但我却又感到有些意外,我好像从未想到过天会是眼前的这般模样,而天空下,房舍、草垛、沟渠、草堤、树木，还有穿插、散落、游弋其间的牛羊鸡狗和麻雀等也会是这样和谐统一——天与地以及天地之间的一切都像是被上帝重新安排了一次！

许多年来，在我的眼中，碧蓝的天空飘浮着白云，是那样的高远孤绝；残月护天，晓星待日，是那样的凄美无比；落霞流斜，孤鹜齐飞，是那样的壮丽无限。然而，我却从未看见过现在我从窗口所看到的天，它安静、深邃、沉实，它雄浑、磅礴、蕴藏无穷。其实它不仅是安静，不仅是深邃，我只能说它是完全别样的天，它跃出了我所能给定的语词的范围，最终我只能说它是我从未发现过的正在生长的天。

我有一种不言而喻的兴奋和神圣感。我们这些与草木相伴的生存者，应该为我们能够在安静的环境里，也许还是第一时间里承受到天光的滋润而喜悦。我们算是幸运的一群，我们虽身处远村静墟，所拥有的却是给予我们自然之力的整个的一块天空，以及它对我们的悲悯和抚慰！古老、纯正而向上，这就是天空捧给我们的永恒辞章，它一直保持着让我们去阅读、感悟的姿势！

披衣出门，仰望高空。现在我已不是在窗口而是站到露天下了。我像一个初见天日的孩童一样贪婪地仰望着天空，除了这样我没有想过还有别的姿势。然而这时我所看到的却是一块具体到伸手可碰又抽象到永远与我无关的天空，我甚至分辨不出它是处在早晨还是处在傍晚，不知道它是物质的堆积还是精神的建构。我只仅仅知道它是早晨罕见的绿色的天空；它像穹庐一样悬置于我的头顶；它默无声息却语意无穷！是的，"早晨罕见的绿色的天空"！这绿色包含了中午的蓝和傍晚的青，包含了植物的青和水的蓝，包含了海洋的颜色，而且我相信它肯定还包含了生命的星空那种业已偏离又不断试图返回的颜色。我的眼睛仿佛超越了时空的限制，看到了广袤无垠的海，看到了巍峨的青山，一望无际的草原，茂密幽深的热带雨林。

"或许，这风景我从来都没有见到过，它是由一支能自动记录的笔在我的脑海里下意识地描绘出来的。"俄国作家瓦·拉斯普京便又一次在我耳边轻轻地说。

还有一种重要的颜色——白色，在晚间就已从绿色的天空上出发了，它亦是我无法忽略的。具体而无形、稍纵即逝而又永不消失的水呈现在早晨的大地上了。这薄如蝉翼、澄澈清明、若有若无、正在行进的水，托浮着极高远又极切近的天，使我所看到的土地以及土地上的植物显得灵性十足。这些从天空无形漫溢下来的，我们称之为露水的生命之源，肯定要停在一些从去年过渡而来的灌木的枝叶上，而一些提前生出来的小小的青草上无疑都凝满了这样的水滴，它们像是承受不住这突如其来的慷慨赏赐，显得激动而羞怯。

这些以悬挂或浮托的姿势呈现的露水，是天空的灵感，是造物主的杰作，是能够触摸到的天籁，是涌动、激荡在生命星空中的柔情。林中水滴，草上水珠，我们最终除了称之为露珠，还能叫它们什么呢？它们难道不是昨晚开放的月季、凌晨出浴的水莲和我们正午将又要做的一个梦吗？难道不就是生活中我们常常意外地邂逅到的那些个小小的幸福吗？我们这些平凡而平静的人怎能不惊喜呢？

其实那些露珠、那些使露珠得以存身的小小的青草群和矮矮的灌木丛离我还有几十米远。我离它们那么远就已收获得这么多，我已预领到这一年属于我的一份平常、朴素却又是天人合赐的福祉了！

从一滴露珠上履行新年吧！

月光下的祖国

我等待秋天，秋天就来了，并且深了、浓了！多么好的季节啊，你看天空是那么的高远、明朗，大地是那么的辽阔、丰厚，而在高远、明朗、辽阔、丰厚的环绕中，一个我们共同的节日到了！

我等待秋天的那轮月亮，秋天的那轮月亮必将在这个伟大节日的晚上如期到来！而白天的时候，我照例一年一度地拾掇我的生命足迹，检视我的人生履历，擦拭我的思想之镜，忙碌中，却透着平静而安详的神态；一切就绪后，我翘首等待月亮的到来。

终于，月亮露出了水浴一般的圆脸。这个节日的傍晚，因为月亮的到场而显得异常美好，它与依依不舍的夕阳一道，金黄明亮地涂染着壁上的祖国地图。室内一无长物，唯有这张地图熠熠生辉，我盘桓的脚步止住，双眼久久定格在它上面。面对着祖国的地图，我听到了振奋人心的大地之声——广袤的祖国版图，从最东到最西，从极南到极北，正澎湃着喧天的激情。

银色的月光倾盆而下，但在屋顶之上就雾般地扩散开去，匀和而朦胧。月光伴随着我驶入往昔时光的深处。我仿佛看到远古的时代，荒野漠漠，祖先扛着青铜和石器走向四面八方。炊烟袅袅，氤氲着渐次生长的村庄；昌盛的汉代，繁荣的大唐，鲜艳的旗帜在丝绸之路上在阔海长风中猎猎飘荡；屈辱的近现代，通过艰苦卓绝的抗战，全民族的士气，如火山爆发，势不可挡。土地，一望无边肥沃的土地，唯有它才是天长地久的，唯有它才是值得先祖忙碌和奋斗的，唯有它，才使得历史延续到今天，成为今天我们奋斗的动力！

屹立在地球的东方，我们祖国的版图，是一只雄鸡，迎月啼鸣，戴月而歌，黎明的星光为之灿烂，清晨的露珠为之晶莹，五谷为之丰登，百草为之丰茂；是一头雄狮，踏月成飙，舞风成月，气贯长虹，志达环宇！

月光睿智而开悟。一个没有祖国的人，是无根的飘蓬；一个有祖国而不爱祖国的人，是衣冠禽兽；一个挖祖国墙脚而中饱一己之家的人，是洞窟中见不得天日的毒蛇和人人喊打的过街老鼠。我们可以有意识形态的探讨，但绝不可以对祖国的玷污和背叛；我们可以有因暂时贫穷而致的牢骚和怨气，但绝不可有对祖国的亵渎之举；我们可以有对不公正行为的唾骂，但绝不可有对祖国的怀疑和不敬——这一切都是因为，祖国是生我之母！

火一样的激情在我心中燃烧，我不禁走出室外，踏上江岸。此时，夕阳完全遁去，鸟儿已经归巢，大地变得沉寂，而圆月渐欲明媚。明月之下，大地之上，农民正在田间抢收最后的一抹余晖；下班的工人，正携妻儿走出家门，沐浴在月光下；年轻的人们，在树荫、公园、江堤领受着爱神的赏赐——大地没有沉寂，只是进入了一轮新的积蓄和酝酿之中。而平安就是福，这是祖国母亲赐给十几亿儿女最无私最朴素的福！

月光静谧而涌动。江风轻吹，江面波光粼粼，远处一艘缀满星灯的轮船开过去了，近处一叶扁舟弋弋荡来。多么亲切的古老的扁舟啊，使我不由得想到一千多年以来那些豪放的诗人，沉郁雄浑的诗人，衣袂飘举的诗人，气吞万里如虎的诗人——这些人类精英的一部分，这些人民心声的歌咏者，这些历史忠实的记录者，昨天和今天，他们的思想里永远活跃着的一个词就是"人民"，他们的心胸里永远装着的只有"祖国"。举头望月，月光照着他们壮丽的诗篇，对天吟诵的声音，录在了圆月之中，让我们一遍又一遍地听到，留下热爱、景仰的泪水——祖国，我们曾无数次歌咏过，曾无数次哭泣过，曾无数次困惑过的祖国，最终和永远都是中国人的最爱！

　　目遇之而成色，身入之而成水的月光啊，沐浴着我们的祖国，使我们的祖国格外明媚、柔美、生机无限，让我这个平凡的人，丰硕地领受到了这个节日的一份崇高。

沉落与浮出

突然下起雨来，雨滴很大，点点如豆粒，却很稀疏，而天空已完全呈现为铁铅色，并迅即加深。

我回到屋里，坐在门边仰视南天。几乎是眨眼之间，天差不多完全黑了下来，时光简直已临掌灯时分，而此时离天黑实际尚有3小时。一种不可抗拒的慌乱、紧张与恐怖之感把我紧紧攫住，我急不可待地等候着所谓事态的发展，别的一无所求。

我沉默着，天空也异常的沉默。但我的感受正在急遽膨胀，我感到天空之上抑或之中有许多牛鬼蛇神在伸拳踢腿张牙舞爪地残酷殴斗。但我无法看见，我十分急迫地等待，以至索性跑到门槛外抬头远望：天空刚才盖上的那床厚而黑而密的被子，此时像被谁用锋利无比的刀捅了一下，露出了一块池塘大小的口子，而东边的天空好像有无数只巨手正拽扯那口子，使它顿然扩大了许多，因而天空不规则地坍塌了一大块。那一大块豁口，特别光亮，仿佛那儿就是光的源头。

雨却仍是稀疏而粗暴的几点，加剧着紧张沉闷的气氛。我又回到屋里,坐到门边原来的位置。猛抬头,天上有一只巨手以超出其余巨手总和之力,已将那床几乎盖遍天空的大被全部掀掉,整个天空露出了底层,紧接着一道"S"形闪电在天幕上划过,惊雷咆哮了一声,几乎把天空都震翻。终于,哗哗的雨水滂沱而下,间杂着一次又一次的电闪和雷鸣,触目惊心,振聋发聩,一次比一次骇然。风,没有方向,没有目的,直把雨水吹得团团转,没头没脑地往下砸,于是形成了一道道一片片浓得化不开的白蒙蒙灰茫茫的水幛。它们游移着,抖动着,翻飞着,鼠窜着;它们喘着大气,零乱迈着大步,挥舞着大手;它们号叫着,放荡着,达到极致;它们发着高烧,不停地发着呓语,俨然一群歇斯底里的患者。

一大片树林,先是若隐若现,很快不知是先从头还是先从脚消失了。所有的房舍都消失了,门前的花草绿的白的全不知哪去了。一切都处在混沌之中。我想象着300米外的长江大堤正在向自己捅刀子了,因为它已苟延残喘,它就要垮了,与其受痛苦折磨,不如早早结果自己。而江水咆哮不已,它庆幸平时难逢的好机遇,以突然得到的帮助,一次又一次地猛击大堤,力求扩大泛滥的领地。我害怕这一想象,于是我竭力避免远望——实际也不存在远望与近观之分,一切都近在咫尺又远在天涯。

正在疾步而被迫羁留的旅人是否感到前途茫茫?正在他乡谋生、求学者是否感到世界太陌生,人生太无常?即将赴约的恋人是否感到真正的爱情沟通太困难?鸟儿是否找到了暖巢?骏马是否失却了前蹄?海帆是否倾倒?我的血是否尚热,雄心是否尚在?

一个临界点。突然,仿佛是一瞬间,动乱结束了。扭曲、荡涤的30分钟结束了,天空豁然开朗,大地安静了下来,就像谁把所有开动的机器同时关了似的,又像所有的歇斯底里患者统一停止了发作一样,一切都心平气和地让人猝不及防。树林显现出来,好似从远处飘然而至,排排房舍干净整洁,菜园依然是花红叶绿,江南的青山苍翠欲滴。阳光喷射而出,微风轻轻吹拂。一切都氤氲着祥和,抒发着半朦胧半透明的诗,而刚才只是一场险象环生的梦魇。

高处的秋天

屋顶上的深蓝、碧绿向无际伸展，天空又高又远。而草地更显执着，是那种熟透了的沉甸甸和绿茵茵，虽有少许枯黄成分掺入其中，但瑕不掩瑜，似乎更增添了绿地的深翠。秋已深入浑然之境。

这时节，没有不忙的人，也没有特别忙的人，但却忙得滋润，这是眼见为实的忙，不似春之忙，是以理想为主，也不似夏之忙，是以期盼为主。

无疑，我也是一个收获的人，我是秋天的一部分，我是正在田地中忙活的那几个人的儿孙和兄弟，父老乡亲的收获当然也就是我的收获了。

所幸我是一个容易激动的人，不管我的外表多么沉静，我的血管里总是奔流着激情。现在，我不为我独自脱离劳作的人群而羞愧，事实上我也没有什么可以不好意思的，人们早就习惯了我独自在堤上或埂上出现，如果不那样，他们反而感到不习惯。

这是在高处。秋天本身就是一个最大的"高处"，因此在秋天高处无处不在，高对地位卑微与高贵的人均一视同仁。

"花近高楼伤客心，万方多难此登临"，这样的诗句是大跨度的桥梁，总是将我意识流地送入又送出时间的故道。人没有永远的故乡，因此我感到在任何地方，我既是客又是拥有一片土地的主人。一棵无可厚非最平常的小草，不需关怀就能很自然地生长，在生长的过程中，也许会遭到几次踩躏，但对它的生命很难造成本质上的伤筋动骨，即使将它所谓地连根拔起，稍过些时日，它仍然绿绿地长起来。这就是我，也是芸芸众生共同的生存状态和宿命。卑微的人实在是占绝大多数，过去是，将来也是，这个道理最懂得的，我认为莫过于日日与田野打交道的人们，他们基本上是平静的，这平静筑造了铜墙铁壁，历史的背景就是靠它做成的，历史的进程就缘于它的坚固。

我很满意这样的自喻：我是一只蠕蠕而动的蚂蚁或蚯蚓，我虽飞不起来，但我勤勉、执着，并囿于我的劳作，因此我实际上也在进行着一种飞翔，这不仅仅是"坐地日行八万里"的形而上的飞翔，这更是一种不可言传只可意会的"不足为外人道"的飞翔。

人生的定位过去很长时间都被搞得太玄乎，这就是所谓的"高尚"，而从众的心理一再被误导。现在，我要说，过好你自己的日子才是高尚的，因为每个人都做到这一点，社会的综合平均值就高了。拔高的高是矮，偷来的财宝是垃圾，风筝不可能施展真正的飞翔。

因此，我已学会不屑于把不痛快的事情拿来纠缠自己的思想，不去想它，它自会消退乃至消逝。即使我有什么所谓的得意的事情，更不能拿来自豪，这实际不是自豪，而是自渎，它只会使我不自觉地浮躁和虚骄，令人生厌。

在高处，我藐视长江，因为我有安全感；在高处，我敬畏长江，因为它是我祖先的长江、我的长江、我的后代的长江以及一脉相承的长江。何所来而来？何所去而去？在高处，一切都不成为问题。

霜期即将到来，天空又高又远，一种至高无上的恬恬的世界不正摆在我眼前吗?

海德格尔说：人诗意地活在大地上；艾青说：我为什么常含泪水，因为我对这土地爱得深沉。我觉得就生活而言，我已看见那种开启真实的"机关"了。

小人物们，我们不要相信有什么大人物，历史从来就没有大人物，因为过去的那些大人物都是我们的祖先创造的，因为今天的大人物都是我们的父兄创造的，因为将来的大人物也必将由我们的子孙万代去创造。最虚无的东西莫过于小人物大人物之说了。恒河之沙一粒就足以涵盖我们的全部，亘古永存的是我们看不见的一种物质。它或许是从秋天出发，抵达春天，它的高处我们遥不可及。

我有一种姿势，当夜声缓缓降临时，我消失在遍地的草木中，众草发出密集的光，我是一介草民。

秋天高得慈悲。

有风的夜

今晚没有月亮,也不必有月亮,因为我想知道没有月色的春夜之景将是如何。也不必出星星,星星鬼眨眼,太做作了,不能显示事物的真相和人的真品。而今晚,这两样全没有,尽管天空苍凉冷峻地晴朗着,而且由于有一层轻纱一般的雾凇包裹着,显得有些阴郁的样子,但无月无星的夜我总算得到了。

风,拨撩而来,吹动我的头发和衣襟,听得见春的严肃歌吟。树林里哗哗啦啦,好似万马奔腾,又似巨浪翻滚之声。附近工厂的轰鸣声和风声夹在一起,时高时低,扩散开去,表示这春夜在忙碌不停。风吹到正在勤奋苦读的人跟前,使他郑重地耸耸肩膀,心中即刻增进许多新的力量。风吹进那些正在悲观失望、伤心落泪的人的屋子里,使他不禁深思起来,想是会得到一些启迪吧。风,对恋爱着的人从来都表示最大的赏赐,它徐徐地温柔地吹来,吹到他们的心坎上,召唤着他们呈现最美好的东西,激发出他们心中最灿烂的火花。风,这夜吹到了所有爱着的人的心上,爱着的人呢,也就更加爱其所爱了。风,穿过一个又一个村庄，飘过一口又一口塘面，漫过一片又一片田野，在这夜的世界里飘啊荡啊，所有的人包括司空见惯的老人和懵懵懂懂的小孩都被风吹激动了。

这并不是一个十分美丽的夜晚，没有星星，没有月亮，但是因为有风，有真正显示着春之特色的风，所以我敢说，今晚绝不只是我一个人在低吟浅唱了。

夜是黑而深沉的，可以容得下这世界上所有的奇思怪想，特别是因为有风，你的奇思怪想可以附着它的翅膀到处飞翔，去和一切人交谈。

这一夜，风驾着我，我见到了许多……

风中的姿势

风是宇宙中的无影游侠,它并非由纯物质的地球本身所造,我们岂能绘出它的形状?通常我们只能凭风与风相互推搡、碰撞发出的声音,植物摆动的幅度,以及我们行进时身体所受到的阻力来判断它的行踪。这就足以使我们不能不在乎风。风,它贯穿着我们的一生,一生的顺境和逆境;生命因水而生,随风而逝!或许只有风,才能使我们真切地感受到,脚下这颗满载生命和欲望的绿色星球仍在有序的运动。

"仰天大笑出门去,我辈岂是蓬蒿人",其洒脱与自信,多么使人畅快,但在风中,所有的植物都随风的方向发生倾斜,我们不是"蓬蒿人"或曰蓬蒿一样的动物还能是什么?而仰天长啸,虽意气干云,也终归俯首向根,脚踏实地。俯仰之间,已为陈迹,只有那供我们继续行进的路途依然在风中清晰。

"太阳之下无新鲜事",但高高在上的太阳却吸引着人对"高"的向往,于是便登高;当登上高处时,却不由自主地朝下而不是朝上望,当发现地上皆为如蚁的行进者时,便感叹:置身之处越高,目光落点越低。

"高"也好"上"也罢,向下是终极的,向上乃至飞翔,只是对向下或匍匐偶发的有限的"反动",这就是物质的运动方向。一飞冲天的鹰也不例外,它飞得再高,终要落下来栖息、繁衍。在高、低、上、下和匍匐、飞翔的背离与统一中,风牵制着一切,风的彩旗始终高高飘扬着。

抬头争高者山,低头竞流者水,山因势而变,水因时而动,山与水相得益彰;无限无极者天,有形有物者地,天因之而苍茫,地因之而蹉跎,天与地实为一体。在天、地、山、水之间,是人类行进的身影,以及相伴我们的种类和数量越来越少的动植物,而呼啸的强劲的风,从未停止过从四面八方向我们吹过来。

植物们不仅供我们休养生息,还不断地教我们怎样行进。向日葵追随太阳,似乎是一个轻佻的昂首挺胸者,但当它结出充实的籽时,却将它那圆盘形的头垂向大地;水稻总是向上,好像随时准备脱离脚下的泥土,但稻谷黄了时,饱满的穗却无一例外地俯向大地;青绿的苹果树,叶片哗哗直响,并闪烁着明晃晃的光,似显出争名逐利的本色,但果实成熟时,它的枝谦虚地向下低垂着……这些植物在风中行进的姿势即是向大地感恩的姿势,也是我们一生都必须努力学习的姿势。

每年,每季,每月,每天,每个时辰,每一种动植物的每一群体和个体,都在自己的轨道上行进!因为风在行进,每个存在物就必须行进。无疑这是与诞生、与死亡并行不悖的真理。作为人类,我们的行进不仅从未停止过,也从未轻松过。停止和轻松的似乎只有石头,而石头实际也在行进,石头距离风化也不过千余年时间,"风化"即是石头行进的目的地。呼呼的或者微微的风,在我们生前是怎样吹拂的,在我们的身后也依然怎样吹拂;在这个世纪是如何吹拂的,在下个世纪也照样如何吹拂,唯一变化又未变化的是日历上的年、月、日、时。

风似乎是没有思想的,却产生意义。我们在行进时,如果身体正在负重,就会感到风已隐退。实际风并没有走远,它只是暂时让开道路,从两厢比平时更甚地注视、关切着我们。我有过一次刻骨铭心的驮包体验，那是在一片晚稻田中，我要将稻包驮到两公里以外的大坝上。坎坷的田埂路，150斤一件的稻包，对我这样一个文弱且有过腿伤的二三等劳力来说，可谓一个严峻的考验，但别人是20包的任务，我只有5包，已经是最少的了。大麻包一背上肩，蓝天、白云也就全不见了，只有田埂路和它上面匍匐的青草，在我的赤脚下发出零乱而单调的撞击声。多年后的现在，我发现这样的行进是一种无止境的需要有无穷内驱力的过程。第一包、第二包直至第三包驮到目的地后，我觉得还行。等驮第四包时，肩背颈臂脚以及心跳、呼吸已经变得不协调，但这一包还是对付过去了。最后一包，我的上半身已经弯到四五十度，再弯下去就会趴到地上了。前进，挺住！丢下包，管他娘的！在双脚的挪动中，这一神一魔的声音在进行着拉锯战。越接近目的地，丢下包的愿望就越强烈，几次都到了差不多无法控制的地步。奇怪的是，一些与驮包无关的记忆却在这时在我脑中次第迸发而又瞬间逝去。譬如一块9岁时摆在家里那张破桌上裂成四小块的鸡蛋糕，16岁时语文老师站在讲台上神采奕奕地读我的一篇作文，还有10岁生病时母亲驮着我走在去医院的街道上……终于，我驮着这最后一包稻几乎是手脚并用地爬上了大坝也就是目的地。一种生理上的舒坦和精神上的饱满感觉，在丢下大稻包后的一瞬间简直无与伦比，这时候我看到了天，就像托尔斯泰《战争与和平》里那个身负重伤的沙俄军官安德烈，躺在奥斯特里茨战场上，第一次发现了天空是那样崇高、静穆和安宁。

还有风，当我丢下大稻包后，便感受到甚至看到它漫过来，从道路的两旁潮水一样漫过来了。真理再次显现：风无处不在。我们行进的姿势和风行进的姿势实为一体，飘忽、坚实、腾挪、严密、悲悯、硬朗，生成复流逝，流逝复生成……

暗夜行路

这个星球上,凡是阳光能照耀到的地方,差不多都被我们英勇豪迈地占领了。我们居高临下,颐指气使,活蹦乱跳,神气活现,不屑于像蚯蚓一样在暗地里苟且偷生。

我们总是果断地认为,自己不是鼠辈,而是万物灵长的人类。

然而,实际上,我们在暗地里的活动是多于白昼的,在暗夜小道上的盘桓,也远远多于在阳光朗照的通衢大道上昂首阔步。这一点与许多小动物和小虫子并无多少不同。

我们还宣称自己与没有房子居住的无遮无拦的树木平分天色,而实际上,我们所享受到的天光、星露和江河湖海的水汽,比树木们,小草小花们,还有鸟兽虫鱼们,少得多,也轻得多。

这些,其实都是问题。也就是说,我们很可能背离了造物主所赋予的初衷!

我们是否应该更多地向树木、小花小草以及田鼠和黄鼠狼们学习——融入夜晚享受黑暗呢?

很早的时候,我似乎就明白:黑暗也是一种光,一种亲切的让人无所遁形却无限滋润我们心田的光。

让我来描述一下我早年时候的一次经历或曰遭遇吧。它使我至今仍然无解,仍然无以界定,不知它是象征还是隐喻,伤感还是愉悦,但有一点则是笃定的——它已经塑造、影响并且仍将继续塑造、影响我。

春天的夜晚我一如既往地睡不着,起先我是躺在床上的,自己与自己不懈地斗争。后来我感受到外面发生了什么事情,于是我开门而出,迈步行进。

一阵孩子的啼哭划破沉寂的夜空,一艘轮船的汽笛从江上同时鸣响。大地受了感动,生动地战栗着,仿佛一首已经唱响的歌。

环顾四周,什么都隐伏在黑幕下,唯星星遥远而黯淡地闪烁。然而我开始四处探足,我深信大路就在附近,还有那首歌。

我聆听心跳的旋律,聆听那夜籁的远声,突然感到陌生。这四周的密密黑暗,这四周我所嗅到的人间与时空气息,包括我的意识和"我"这个概念,都是那么陌生。我不禁深深地感到这触觉乃是一股残酷而柔美的力量,我的心因之再次战栗,并且躯体随之一荡。

我依然聆听,不包括探足声。依然四处探足,包含一切业已感知的存在。神与鬼的模糊而清晰的形象亦在其中;神与鬼的概念实在乏力;神与鬼的存在就是我双足的动向,就是我毅然踢向黑暗立志踏上大路的双足的弧度与气概,以及血管沸腾的液态以及我内心深处钟磬的咚咚声。我感到亲切与晕眩,感到天体与海洋这生命的母体的诞生的历程就在眼前瞬间再现。我感到周身的毛孔在扩张,若千万只泉眼,喷射着猎猎而弥天盖地的生命之圣液。我感到这是一种壮阔无比的景致。我感到我是一只自戕的小动物。但我不为所动,因为我双手拥有一条激浊扬清的河、一座翻荡不已的海,因为我的生命之泉永不枯竭。就是这样。

我走。我探足。我必须探寻到一条大路。所有的人都在梦牵魂萦地探寻，我深信只要有一个人能找到它，即是在历史长河中立下一座显赫的航标。我深信它就在我附近屏光敛彩地掩伏着，犹若一个玩捉迷藏而甚为得趣的天真童子（这是我童年时期深刻而不能忘怀的经历）。

这时候，起风了。这是一种古老的张力，是一种这世界无法寻根究源的义举。它就跟随在我们身边，若永不离弃的身影。它是一种内质的存在，比身影更亲切、迷离和飘忽，而当我们处于一种饥渴状态，或者进入一种已然获取坚定信念的境界时，它坚定而飘逸地出现了。它是活动与光明的全权标志。风，我再次感谢你。这是我的德行与人格使然，故风，你必将吹我大开大合，大智大勇。

号角，号角。它裹着海洋的呼吸，携着山崖的尖啸，带着树木的清脆，捧着人间烟火的明亮，纯粹而璀璨地激荡在时空中。"哇"的一声，一个孩子的啼哭又开始了。我仿佛听到，这一个孩子的啼哭，像号令一样，引发了一群又一群孩子啼哭起来。稚嫩的童音，层层加码，拔节生长，在夜空下强力而愉悦地合奏。忽然，众孩的啼哭戛然而止，唯余那第一个孩子的哭声仍一枝独秀地嘹亮着。我或许是你的父亲，那女人或许是我的妻室，那房屋或许是我的祖产，那村庄或许是诞生我的地方；孩子，呼唤我吧，我是你的父亲。希望你几十年后还记着：曾经有个年轻的男人在暗夜行路。那是父亲！

一轮浑圆的老月亮爬过山峰，深红着熟透的脸。那一首歌猛地升腾，环绕夜空，将至九百九十九圈。我双足生动若太空步，曝光于一瞬，定格于永恒。大地依然阴影垂布。这是必然的。这是初春的某个子夜时分。

月亮是盏不灭的灯

这是一轮古老的、横空出世的、崭新的月亮,一轮梦的光环。1973年阴历七月的某一晚,夤夜时分,我被一种声音,不是声音,应该是一种感觉,轻轻地呼唤着,俄顷,那个感觉变成了一只温柔的不可抗拒的手,牵引着我,使我从家里那张我睡的古铜色的竹床上轻轻爬下来,然后信步走到村东的打谷场上。

一种气息通过麦秸垛的影子传过来了,丝丝入扣地缠绕着我的心。四周的植物和房屋都被打上了一层比鹅黄色稍淡些的月光。

牵着我的那只手松开了我,我又被一种叫沉迷的感觉揽住。我停住不动,生怕那种沉迷的愉悦感溜掉。这使我觉得奇怪,难道有一种神奇的东西藏在什么地方吗?

我抬起了头,啊,一轮圆圆的、灿烂的、硕大的月亮正悬挂在我的头顶,传说中的人物仿佛在上面清晰可辨。而在它的四周,广袤的区域,却是青黑青黑的,仿佛三月深色的麦田。我只注意到地面和物体上的月光,直到这时才发现天上的月亮。即使现在我也无法描述当时的那一种茫然而又欣悦得飘飘然的感受。那时我刚过10岁。

那是一次奇遇吧。从那以后，几十年来我再也没有享受过那种无法准确言传的沉迷的愉悦感觉，还有那种异常静谧又异常躁动的夜的氛围。

时光不拘，到了1980年，我是一个准备远行的毛头小伙子。5月，在江堤兴修工地的一次塌方事故中，我的右大腿被压断了。村里的一个老年土郎中，在两个多月内，没能把我的腿"摸"好，以致股骨断口两端错位达6厘米并已愈合。我被弄到当时的安庆地区医院骨科，接受二次骨折复位治疗——人工硬性折断错位愈合的腿骨，而后再牵引正位。两个月后，因牵引过度，断骨两端竟又离位达3厘米。于是开刀，正骨，打入钢筋穿接，等等。最后，从膝部至腰部打上石膏环形固定套。这样的治疗弄得我痛苦不堪、万念俱灰。在前后将近一年的时间里，我的生命、我的理想、我的生活全被限制在床上，与泥土、与道路、与远方完全隔离开。

已是中秋了，黄昏的时候，在家里的床上，我透过窗外的树杈空隙，瞥见了一轮即将发光的圆月，恰逢此时，有几个十来岁的小孩从窗外打打闹闹地跑过。我听到他们齐声唱一首我已久违的歌儿，听得我泪流满面——

月亮爸爸，跟我走走，
走到河边去打酒！
你喝一盅，我喝一盅，
喝得脸上红通通！

母亲进来，见到我正在抹眼泪，慌忙喊来我的两个弟弟，三个人把我弄到一把竹躺椅上，然后抬到门前的空地。我一个人在那儿对着天上的月亮发愣。月亮正发着光，但它的四周有许多苍白而厚厚的云层。月亮终于向云层进攻了，厚厚的云层喘着粗气，裂开了，像被撕开的巨型面包，任月亮吞食、抛弃。月亮绽放出朦胧的黄色的晕，周围的天与云也都像被烟熏火烧过后一般发黄。星星很难见到第二颗、第三颗。是阴历八月中旬的秋月，是一轮被压抑了许多日的圆月。这圆月终于冲破了层层阻挡，向天下宣告着月华如水的时光已到来。

于是便阐明了一个道理：进攻就是胜利！

于是世界便在进攻中胜利了！

我呢？也胜利了吗？

我想：肯定会的！

我终于定下了心中的"三观"，就在1989年的那一天。那天我看到了一次奇异的天象——两轮八成圆的月亮并悬于东南天空中。这是不可能的，但我的确是遇见了。

那是五月的一个傍晚，我在同马大堤上散步。堤下是东西迤逦、生机蓬勃的柳林带，再下面就是奔腾不息的长江。我抬起头，惊讶地看到，升到江面上空的月亮竟然是不可思议的两个！我轮番开闭双眼并使劲搓揉，但所看到的月亮仍然是那并肩而悬的两轮。大概五分钟后，天空才恢复到正常：一轮明月在渐渐黑下来的大地上闪烁着清雅的光亮。

对于这次"事件"，我一直都未能做出令自己信服的解释，也因难以言喻，一直不愿向任何人提及。现在我想，要么那就是一种真实的存在，例如，大自然本身的光合作用会产生这种景象；要么可能仅仅出自我的幻觉；要么……但不管属于哪种原因，从那以后，我就把月亮视为我头顶上永不熄灭的一盏明灯。一种天人合一的思想、一种对大自然的敬畏感，从此便进驻到我的世界观、人生观和价值观中。

星光在上

停电了,在油灯还未点起的短暂的时间内,我竟然有了一种如释重负的感觉。那种静好似从未领受过,而黑暗因之显得大有深意,似乎它的厚薄不一都能分辨出来。

我没有点灯,或者说忘记了点灯。我走到了外面。天空星光灿烂,大地却是黑沉沉的。这很好。那些黑郁郁的树影,那些形状各异我看不见却知道的石头、草垛、篱笆墙,给了我一种静静的依靠感。的确,在此我领会到了比室中之黑、室中之静更宽广、更深厚的东西——它们那样浑然一体,密不可分,能够抵御一切的介入,又能同化一切的介入。

然而,那近处、远处,林子的尽头,小塘的对岸,于不经意间次第亮起了灯,闪烁着或明或暗的光;在夜晚这是必须的,这是人间烟火的一个重要标志。不过那些灯光的宣泄力毕竟有限,也不会受同化的例外,很快就被大背景下的黑暗吸收了。被吸收的不仅是那些灯光,还有灯光所照耀到的生活的声音。我猝不及防,就像在前进的道路上出现了一条鸿沟,但在这宿命的大背景下,我只好即刻调整姿势,仿佛远望星空那样淡漠而宁静地面对那或隐或显的灯光。

那是些煤油灯在放光。在早先，我们的先人用的是豆油灯，这不息的生命之光，照亮和传递着我们民族古老的精神。后来就是煤油灯即洋油灯，再后来就是电灯了。然而，现在我虽变得难以忍受电灯的刺激，但还是感到豆油灯、煤油灯的式微是必然的。那远古时代的篝火之光，毕竟还是淡了些。

我甩掉背后的灯光，抬起头来仰望无垠的天空，感觉星光愈加灿烂。我看过一些资料，知道宇宙是一个非常独特的存在，它无限大，大到无法想象，大到难以置信，而我们这颗蔚蓝色的美丽星球，我们的地球家园，就存在于其中。在太空中，地球只是一颗小小的行星，但我们在原野上极目远望时，除了地平线，却看不到它的边际。从我们的祖先开始，为了生存，我们一直忙得不亦乐乎，终于有了今天高度的人类文明，但当我们仰望星空的时候，却一直有着一种无法言说的孤独感。据天文学家预估，银河系中约有1500亿个太阳系，银河系中的行星数量达万亿颗，而那么大的银河系，其实又只是银河系所在的本星系团约2000个星系中的一个。面对如此庞大的数字，如果说只有地球这一个星球才有生命和文明存在，就未免太不合理了。仅在太阳系周围一千光年内，天文学家们只用目前的天文观测技术，就已经发现了数百个类似地球的星球。

我当然不相信人类在宇宙中是个孤独的存在，不相信只有地球上有生命和文明。然而，除了地球，别的生命和文明，又在哪里呢？

不由得想起小时候老人们常说的话，他们说，地上有多少个人，天上就有多少颗星星。现在我想，按这一说法，恐怕是难对得起来的。因为我们这个时代，全球人口加起来也不过数十亿，除非将所有的动物，所有的植物也算进去，还要算上自有人类以来，所有死去的人口，所有消失的动植物，这样数字倒是很可观，但这就能与天上星星的数字相吻合吗？恐怕也是万不及一。不过我觉得这样的说法，还是有其意义的，它反映了人类芸芸众生，一直以来对天上的事、宇宙的事的一种朴素的思考，一种赤诚的"天问"，即无论如何也不愿意、不相信、不认定人类是孤独存在于宇宙中的。

我不由得笑了。我甩掉背后的灯光，甩掉天上的星光，一半凭经验一半凭感觉地在黑暗中继续徜徉，不觉踏在一条被称为柏油马路的路上。柏油马路一说尚不符实，仅"马路"而已，因为上面连石子都很少了。我知道路两旁已经茂盛地长了杂草，还间杂着一些瘦树，枝上已经抽芽了。这些树的年纪正与我的年龄相仿。据说母亲当年生下我的那段光景，打这马路上过，这些树的幼苗也刚植入泥土。母亲看了看她怀中的我说，树尽力长吧，长高了，我伢也就长大了！如今母亲自己不记得了，她已经垂垂老矣，而父亲是记得的，以前还偶然向我提起过，使我心中有一种说不出的感动和感叹，但他已于去年春天离世，归于浩渺星空了。世上已无我父，我再也听不到只有一个父亲才记得、才知晓、才言说的话语了。长大了的我带给了父母亲些什么呢？几十年来，除了让他们牵挂和担忧，从没有让他们大喜过望。只有儿女欠父母的，没有相反。我同大多数人一样无权无势，只求为人做事平和公正，并有机会不求甚解地读几本爱憎分明的好书，实实在在地写点对人生对生活的朴素感悟。我没有炫耀的资本，也不需要。我所拥有的是对这个世界爱的声音、恨的声音、悲悯的声音，这些都是身为农民的父母，几十年来用他们的朴实言行默默传给我的宝贵财富。母亲没有读过书，一个字都不识，父亲也只能很费劲地写出自己的名字，他们仍然比我懂得多，永远懂得多。如今父亲不在了，对于母亲来说，只要我们兄弟还有姊妹以及我们的孩子、我们的家人能鲜活地生活在这个世界上，她就会无比宽慰的，我想所有的母亲也会是这样。这多么像与我年龄相仿的这些树啊，它们在新的一年里，看到自己身上结出了新一轮芽苞，抽出新一轮叶子，便在这暗夜中，舒展着沧桑却又鲜活的身姿，静静的、暗暗的得意着。

我不由得再一次笑了。一只鸟这时正飞过我的头顶,仿佛一句画外之音。星光在上,我在下,万物在我周围。我看见众星也在上方笑了,无比诚恳。它们闪烁着,虽是那么冷峻、遥远,但却是那么真切、崇高、淡泊,然而却能将我的一切看透,将整个人间看透,将这个世纪和下一个世纪看透。

这是月光隐去的一个夜晚,但星光灿烂。大地黑沉沉的,它睡了;天空上星星与星星之间存在着空区,因而也是黑沉沉的,但它却没有睡。我喜欢这样的天空。黑色的天,黑压压地覆在我的头上,好像竹篙就能捅着;黑压压的天,离我又是那么遥远。这就是我的世界。几千年来,天就是这样压在一代又一代的人的头上,而人类不愧为最伟大的生灵,硬是用头颅和手臂顶住了天,并获得了一片片亮丽,天因之而独钟人类。星星是宇宙的灯盏,人类的亮丽就是它的风采。今天,明天,未来,当我继续前行时,抬头望天,星星依然遥远而切近地璀璨着。

虽然我知道,我所能看到的都是距离太阳系很近的恒星,其他区域的恒星,我的肉眼根本看不到,但,能拥有这一片看得到的无边无际的璀璨星海,就已经足够了。

星光在上,夜空光芒。

致——

　　我又坐在孤灯下，在这夜的静寂里，我又想起了你。这回你的形象格外简洁而生动，孤傲而凌云，如深秋般漠然。

　　记得那一天，我一个人不知为什么在马路上闲逛。天，正下着寂寂的细雨，风把路边的垂柳吹得直低头，叶子凋零到沾着黄泥的柏油路面上，显出焦黄色。其实路上行人不少，骑自行车与步行的，都打着细碎花格子的漂亮雨伞。我之所以引起众人更引起一人重视，只因我无遮无拦，顶风冒雨的独行。我身上渐渐湿透，终无什么不适的感觉。可我并没想过有人在与我同样行路，也没意识到有人会关注和猜测我。在那境界里我一如既往深深沉醉于独往独来的好处里。

　　前面的碎花格伞底下露出一双微微有些吃惊与不安的眼睛，我感觉到了它，我还感觉到这人在向我靠近，如一尾游船。他没有说话，始终都没有。悄然地递给我半边花花绿绿的世界，遮挡了我好一程雨天。最后他走了，不知消失于哪个方向，而我差不多泊到了一个港湾。最末一瞬，我有一种感觉，缘于他的微微一笑；我感觉到，我在这雨中等待的，就是这细细的东西。我无法说清。

后来我又一次想起,他原有一副高挑的身材,初觉甚单薄,不久觉适度;主要是他还有一个高而方直的鼻梁,自信而亲切,眼睛深邃之中亦似有些许迷茫。我细嚼着这些。深信会再遇到他。终于我们成了朋友。就这样。

只有你已全然感觉到我在说你。虽然那以后我们两个男人曾一百次相遇一百次相叙着,但只那一次给我的印象最温馨。

也不是那次的过程,而是关于那次的一个结语。你说:"那天我忽见一个陌生的男人在秋风秋雨中与众人逆向而行,便顿生出一种孤寂而幽美的感觉。"

今晚又是秋风秋雨,我想即刻搁笔去找你,我们在路灯下说个明白。我没有将你找着,便写些话语,赋予这夜的静寂。

邂逅秋夜

如果身临其境,我们就能诠释自己的命运并被命运指引,例如有一次我偶然又必然地邂逅了你。

那一夜的冷寂与热烈,使秋声的喧嚣在树梢圆满地达到了高潮。一条小河业已干枯,龟裂的河床悲壮得如一座倾圮的纪念碑,月的光芒闪烁迷离无依无附,营造出一种远古蛮荒而又暗伏勃勃生机的景象和气氛。你立于河岸的身影,孤独、固执得仿佛一棵兀立的苦楝树。

你的鼻翼翕动了一下,从什么地方飘来了菊花的芳香,若有若无而又真真切切。你有过深切的感悟,没有一种植物在秋天会如菊花一样具有一种独特的生命强力,使人震颤而至宁静,躁动而至深邃,最终走向近于禅的境界。

虽然,今晚月光的亮度尚不能让你看到菊花的微笑,但你却一如既往地感受到了那微笑的全部启示和美丽。你想今晚这种不期而遇也许会给你带来某种新的奇遇,比如心灵之约。你想当你坐下来时那奇遇也许就会如笼中之鸟无法挣脱了。你坐在了一块圆墩墩的冰冷岩石上。"石头距离风化＼也不过千余年时间"（沈天鸿诗），最近的日子你不时地咀嚼着这样的诗句。落座在这块圆墩墩的冷石上，你忽然觉得，你也在被迅速风化，并且这感觉变得愈加奇妙起来，就好像你的灵魂飞翔在空中，鸟瞰你的身躯在接受风化的那全部过程，于是你慨叹，千余年时间，原来也不过一瞬，但这一瞬竟是如此美丽，如此悲壮！

你的目光开始变得广泛而又锐利。忽然，你发现对面不知何时停泊了一只小船，不，你看错了，你马上看清那是一片奇怪的小屋，像是被搁置在河岸，你的眼光因为透不进这座孤独的渐渐被你视为城堡的小屋而惶惑。你不由自主地立起身来踏着淡淡月光穿过河道。一路上你一面抵挡河泥对鞋底的黏附，一面目不转睛地抵视着那渐显清晰的小小建筑。你发现它的外表很旧，是一种黄褐色的木结构，无论如何审视也难以确定这种色调的呈现是否是由月色使然。这片小屋的确使你愈益感到有一种阴森、坚密而荒凉的氛围将你合拢，更有一种说不清道不明的神秘将你招引，使得你急遽地想着要是有一个人走来会多好啊。而那小屋中也一定会有一个人吧，他此刻在干什么呢？

而他是一个什么样的人呢？如果是渔夫，河水已经干了，他还留下做什么？如果是护林佬，又为何把这屋子建在离林子老远的地方呢？是流浪汉吧！很可能！于是你的思绪立时涌上了一种奇妙的快感，但还未巩固就被接上来的新的判断打消——也许，不，肯定他是一个如你一样正徘徊在人生十字路口上的行者，他正和你一样需要在累得抬不起头来的时候找一个僻静之处，停下来小憩，好理一理纷乱的心绪，梳一梳湿漉漉灰蒙蒙的羽毛，舔一舔阵阵发痛的赤红和褐红的新老伤口，如此这般吧。也许，不，肯定他也已找到了想找的地方，并在做着想做的那一切。

所以说这就是我们的缘分。

这个屋子里确实有个人而且确实良久地坐在那漆黑的小小空间里。

没有叹息甚至没有咳嗽，只有寒虫的弹奏如打更的声音在四周战栗不已。这个人的思想的河流也仿佛那条小河似的干涸或者静止了。但黑暗中这个人微瞑的目光中透露着若有所待的精神，好像一粒种子拱破泥土露出了嫩黄而脆弱的苗苗。

我只想随便地说——这个屋里的人当然就是我了。至于我是一个什么人抑或身份，我为什么待在这样一个小屋子里，这些难道有讲清楚的必要吗？这不正如问你是一个什么人你为什么在这夜晚独自走到这儿来一样显得并没有意义吗？人的一生中不是总有许多事情和行为能够一目了然却三言两语不能够讲清也不必讲清吗？何况你的判断我是赞成的，但仅此而已。

不过我还是应该尽量多地谈谈我。我只想说，我是一个颇为实在而又显得总是赶不上趟的人，一个生长并生活在最基层的普通劳动者，即通常所说的平民百姓。为了生计更为了有些说不清的东西，我在社会这个大组织里左冲右突常常脱钩，与整体失去联系；为了实现自己的一些美好意愿，揭示我很想知道的某些事物的真谛，譬如终极意义之类，我不怕背负沉重的枷锁。久而久之便与某些约定俗成的许多规矩拉开了距离，并且从内心时时透露到行为和语言上来，以致在我的四周引起了冷暖空气对流的"气候"。而我不得不一面企图弥补这种距离，一面却又想继续发展我的初衷，终于弄得焦头烂额！总之，"我是一个不合时宜的人，在过去的一个偶然的瞬间，我被时尚的潮流抛到了一边，像一条鱼被波浪掀在了河岸上。我凭借回忆和想象生活在过去。"小说家格非在《夜郎之行》中如是说，大概他没料到竟说中了我。

是否我说得有些空洞或者夸张，这你是知道的。我相信，人与人之间，总有一种相通、相知、相似的东西，这种东西会不知不觉地抵达我们的大背景——生命的底色，而使我们握手言欢！你难道没有想到过生命的张力及人生的魅力总是与苦难热烈拥抱吗？

我要告诉你，现在我听见有人在敲我的门了，而我不想去搭理，虽然我的内心有一种渐渐增强的渴望。一下，两下，三下……敲门的声音在风里如啄木鸟的劳动。有人在敲门，这个门其实是掩上的，只不过掩得严了些；那个人竟然没有用一点劲。其实稍一用劲，门就会赫然洞开的。这使我有些感动。这声音温柔、亲切得使我猝不及防。我整顿有些零乱的坐姿，全神贯注地倾听——有人敲门，何须敲呢，且敲得那么节制、小心、温柔，富于人类最优美的品德。这的确是一种境界！

啊，这样深的夜，这样冷漠的天地，天上飘飞着枯叶子，地上铺展着的也是，脚踩在上面，就会发出一阵阵沙沙不已的哀叹，而落在头上的就像一夜灰白了的青丝。是谁，在默默祭奠之余来寻找我这样一个季节之外的人呢？我愈发感到有一朵永不败落的菊花再次在内心深处灿烂地开放！

外面一点动静都没有了，那敲门的声音恍若隔世。我感到我犯了一个不可饶恕的错误。如果敲门声再响，我一定要一跃而起。终于，一下，两下，三下……当我正要立起身一个箭步去开门，突然一个问题将我迟滞——那是怎样的一双手？男人粗糙沧桑的手？女人细嫩温情的手？老者呆板缓慢的手？少年热情豪放的手？但我无法得出结果，只有开门、只有开门，这愿望、这决心使我百虑顿消，使我庄严肃穆，使我热泪盈眶。于是我站立起来，迈动双足，掰开两扇门，而就在这短促的过程中，我忽然意识到了是什么东西在这冷寂的、激烈的夜晚与喧嚣汹涌的秋声相抗衡着——敲门的声音、敲门的声音啊！这声音掷地则如金石，飞翔则如鸽哨，停顿则如引而待发之箭，收敛则如宝剑入鞘。只有它在这深秋之夜一枝独秀、一木独荣超越时空的界限圣洁清明地警示与宣告着什么！

倏忽间我已深深地懂得。

我打开门。没有人敲门。没有敲门的人。只有你孤零零而坚定地背向我的小屋静坐在一块河石上,像什么都没发生过。月色把你所注视的河道牵扯得如潮涌动。环顾四周,我感到来自不同方面的风,正殊途同归地奔向那远方的大河、旷野与森林!

我于是把你迎进小屋。我们交换着讲述各自的经历,原来我们的经历大同小异。两双手紧紧地握在一起。我们打算一起过完这个命定的夜晚,打算彻底完结这一年中最后一次的懒散与虚脱,天亮后各走各的路,各奔各的方向。一位先哲好像说过:没有昨天也没有今天,而只有明天。我们一直都没有点灯,我们在归于无言之后默默地守望着黎明之光!

春天的雪花

飘飘洒洒,悄无声息——春天的雪花,轻盈,亮丽,神秘,从三界之外降临。

平和的,小鸟啁啾般的雪花,使世界再度进入清冷而热烈、鲜明而迷离的盛日。

一份突如其来的喜悦和宁静,在这万物萌生之初踏仙乐而来,向众生弥撒开去。农人的眼,田园的歌;工人的心,厂房的旗;坦朗的山水,丰蕴的古迹,还有新近矗起的亮丽的现代建筑群,都被雪花丝丝入扣地缠绕。

我爱的人,我敬仰的人,我看见了你们——仿佛向日葵看见了朝暾;仿佛草木看见了晨露;仿佛马儿看见了草原;仿佛船队看见了港口;仿佛游子看见了家乡的炊烟;仿佛热带雨林或茫茫沙漠之中的行进者,蓦然看见了漫天的雪花。

还有什么比你们站在飘扬着的春天的雪花之中,更令我神采飞扬呢?还有什么比我的一腔热望和低吟浅唱,更令你们面若桃花呢?

没有一种事物，比雪花更短促也更悠长——雪花，水极端的造型、时间和空间交锋又握手言和的姿势，划破长空，抵达民间，点燃泥土的根。天与地，水与浮萍，精神与物质，人与神，尽兴地聚合，高度地默契，化而为一。

雪花，春天的雪花，是世间万物的肇始，也是诞生人间一个又一个新造型的长歌大曲。

我爱的人，我敬仰的人，你们不属于我，正如雪花不属于赤道。你们向前，向前，我只需要你们留下永不更改的名字，我只需要你们带走那一片又一片我凝目过的，冷峭而又欢快的雪花。

雪花，包括冬天的雪花，包括北国的雪花，包括极地的雪花，包括历史的、未来的雪花，只属于雪花自己，只属于雪花自己的隐忍、奋发和歌唱！

就让这雪花，就让这轻盈的、晶莹的、漫不经心的物质，滋润并照亮我心海深处最黯淡、最柔弱的那块处女地吧！

就让这雪花，就让这天之魂、地之魄喧响地球上久经蛰伏、一触即发的别样生机吧！你们要相信，我就是这别样生机的一个触点！

我爱的人，我敬仰的人，我除了敬仰你们、爱你们，此时我还能做些什么呢？就像春天的这些雪花，除了欢快地奔赴大地、融入大地，它们还能做些什么呢？

音　乐

没有什么能够像音乐一样，几个节拍下来，就能使人的信念无限地上升。我曾经受过这样的恩赐，虽仅此一回，但就这一回，使我至今仍感恩不尽。

那是一个秋末的初夜，周遭的风景，正被风雨与炊烟一点一缕地濡湿得如一幅油画。从窗与门里曳出的灯光，投在数米之外黯淡的马路上，显得亮丽而迷蒙。足音杂沓，天空灰暗，灯光与雨丝一同柔柔地飘在没有带雨具的行人身上，竟不见有怎样潮湿的痕迹与感觉。

我是刚刚从家里走出来的，但我却没有想过我从哪儿来，现在要往哪儿去。在这远离都市的小小乡镇的柏油路面上，我完全觉得我只是在走路而已，纯粹得一如时间的自然流逝。按部就班的季节，纷纷扬扬的日子，播种和收割的忙碌，把我同此间的无数人一样揉搓得形同机械般操作。

雨已使我有些潮润了，这潮润开始进入我的内部，而风不仅渐渐使我感到一种冷峻与惊醒，更使我忽然眈当地打开了一扇久已关闭的触觉之门。

啊，便有一种嗡嗡如许多小动物汇聚的充满生命力的声音，一种田沟里流水咚咚的大自然一如既往的声音，一种鸟飞过后留下的咕咕的远征的声音，一种仿佛地球在宇宙空间欢畅地飞翔的声音——它们直如一根极粗又极细的绳子串在一起，从天空垂向地面，将雨丝、炊烟乃至世界也一并串联了。我的身心充满着这些声音，我的思想有一忽儿简直被定格住了，我不知道我是走在家园的田埂上还是踟蹰步行于他乡的茫茫人海中，我差不多忘记了今夕是何年。于是我双目圆睁，企望看到最远处，我的双臂伴之伸展着。终于，一种处女初吻似的惊慌和快乐将我紧紧攫住，一生难忘！

这是音乐！

这就是音乐吗？除了音乐的声音，难道还有别的什么真正的纯粹的声音吗？在乡村，在远离都市的最古朴的地方，祖先曾经扛着青铜和石器扎根于此，此刻完全被神圣的声音——音乐灌溉了。是的，此刻音乐就是粮食，就是儿子，就是水与空气，就是夜空下的行人举手投足以及呼吸所碰触到的一切。音乐，正把黑夜变成白天，把大地变成海洋，把海洋变成天空，把天空变成人的心田。一切都不可遏制、不可阻挡地生动起来！

这是实在的还是我心中虚幻的音乐？我才不想去细究呢，我只愿把它当成天人合一，能餐能饮的精神之籁。

是啊，在收割后的寂寥而旷达的田野上空，虽然伸手不见五指，然而我却仿佛看见无数鸟儿宛如火红的精灵，随雨丝一同遍布下来，落满稻茬充斥的田野，用尖利质感的喙，用灵巧精美的爪将农民白日遗失的稻粒悉数拾掇。它们飞去又飞回，它们恋恋不舍，当它们久已离去的时候，那种生命与粮食、心灵与泥土默契的祝祷依然充满着夜空——它们今天带走的稻粒，乃是人类明天的种子！

这是一曲何等丝丝入扣的乐章啊！

我不明白为什么我总是处在一种串得串失，充满了压抑的心理状态中难以自拔，为什么总被一些所谓的失误、挫折与现实的不公正搞得情绪低落，为什么我没有想到生活永远美好的一面，譬如音乐！

我其实应该把我的思索袒露出来，把痛苦、幸福的东西袒露出来，就像父兄们把丰收与歉收一同展示在大地上一样；我应该告诉自己，并且告诉生活在别处的人们，我们还有明天，还有亿万颗星球，即使到了最无望的日子，还有音乐！

现在，音乐正把我如一本充满逼真细节的传记一般托举起来悬浮起来了。正冉冉升起的我，宛若一轮洞穿万世的太阳，照耀着过去的那些鲜花与枯叶，直照见一片纯白和金黄，这些生活的真谛和生命的本真，就蕴含和纷披在我身体的根部、与土地相接壤的那个部分。往事，终于在这之中变得沉甸甸。

当我缓缓步入家门，坐在窗口，音乐声依然响彻夜的世界，我忽然醒悟到确实有一种实在的、具体的音乐声正从家家户户的有线广播中同时奔流而出。但这种实在的、具体的、引领着我穿越茫茫夜空的音乐，飘忽、荡漾在我心中时就并不是某一个具体的乐曲，不是贝多芬的交响曲，也不是舒伯特的小夜曲，不是《春江花月夜》，也不是《在希望的田野上》，而是一切音乐的精髓或者上述乐曲的集大成。此夜我所听到的音乐，它是混沌的，又是单纯的；它是大俗的，又是大雅的；它是平凡的，又是孤高的；它是天上的，又是地上的；它是世上最卓绝的音响和宇宙最本质的呼吸吧！

它以令我战栗的躁动起步，裹挟着一种纯粹的永远的指令，漫过彷徨的思绪，使我身心沸然，然后平静如蕴含着无限激情的湖水与雪原。从激情直达平静，从幻化到现实的具体与实在，将一切归于了大同、大爱与大恨！啊，是的！感谢这平常日子的极偶然的安排，感谢这伟大的音乐！你听，它继续穿过飘着雨丝飘着饭香与熟禾气息的夜空，将千家万户紧紧地串在一起。这根天地相接永恒的绳子，将一种一触即发的信念高高拎起——热爱生命，生活永恒！

做一片白云

日子，许多是在忧伤与郁闷中打发的。

人生，许多是在遗憾与饮恨中结束的。

有一种错误，就是我们把自己看得过重：在社会上，我们须是强者；在家庭里，我们须是伟丈夫；在未来，我们须是有分量的历史人物——这种沉重，使得我们气喘吁吁，因而失去了生活中许多应收获的美好。

有一点我们没有重视：生活中每一个人其实都是凡人，都是世俗的人，包括那些已经和将要成为名人、伟人的人。

由于把自己看得太重，使心灵的负担日增，以致翅膀变得越来越无力。

飞翔——人类最初的信念，为什么我们要对着它望而兴叹呢？！

为什么我们不能做一片白云呢？

白云，它四海为家，热爱我们的星球；它颠沛流离，但并不显得无足轻重；它是一种物质的、精神的祥光。

最重要的是，白云会教会我们，思想和行动不再囿于一隅！

第二辑　亲爱的麻雀

趁雪砍柴记

"一夜北风紧,开门雪尚飘",《红楼梦》里,一群13岁左右的少男少女,在隆冬大雪的日子里,起诗社,接龙吟诗,其早慧令人惊叹。而像我们这些村庄少年,13岁左右的时候,却连李白是谁都不清楚。

其实我们也在忙着写诗,写另一种"诗"。我们一大早就被母亲吩咐出门,左手拎着一只花篾篮,右手捏着一把大弯刀,向同马大堤外的那片防护林进发。砍柴,砍柴,这就是冬季几乎每天我们必做的功课,必写的诗。

雪天是砍柴的黄金日子。错过雪天而在火桶上舒服地猫着,大人是要被人家耻笑的,孩子则会被视为懒鬼,总之在外人眼里这就是一个不会过日子的人家。

同马大堤老街村这一段的护堤柳,最是高大繁茂。柳叶脱光,枝丫尽显,死去的干树枝,在纷飞的雪花映衬下,显亮地间杂在青中带褐依然雄健的活枝中,看着都让人喜不自禁,恨不得立马就将它们悉数拿下搬回家。这样的习性和"职业"意识,颇类于村里修车的老郑和剃头的老汪。老郑总是不自觉地死盯着从他铺前过往的自行车或板车的两只轮子，特别是轮子上的两圈车胎，生意清淡时更露骨。至于老汪，总是下意识地盯着人家的头，研究着如何下剃刀更合适，而下垂的右手在偷偷地模演着推刀动作，说不定口里还默念着"问天下头颅几许？看老夫手段如何！"的对子。这两个手艺人的诡异，颇令人难受、厌恶、愤怒，于是往往会引发口舌之争甚至肢体冲突。

而我们砍柴也是有风险的，不是爬高会摔下的那种，我们爬树的技术好着呢。我们唯一需要对付的是一种人，准确地说，是一个人。当我们爬上树，刚开砍时，忽然有人惊叫：老叶来了。老叶是长江修防段这片柳林的看护人，非常暴躁。但由于他的看管战线太长（有七八里），因此他基本上是整日疲于奔命却顾此失彼。听到喊老叶来了，我们哧溜就下了树，然后抓起篾篮和弯刀作鸟兽散，留下老叶在那里对着一地的断枝残屑暴跳如雷，而我们躲在远处的田埂后，边窥视边抿嘴发笑。我们是一群匪贼双兼的家伙，有着麻雀伺机哄抢晒场粮食的机智和勇敢，有着黄鼠狼偷鸡时的那种让人无法捉摸的狡猾和飘逸，因此别说一个老叶，就是派十个老叶来，也别想逮住我们半根毫毛。想想老叶也可怜，他虽然跑功尚可，但既要顾着我们老街村这段堤柳，又要看着司阁村的那段，加上已是中年的末梢之人，他那个累相，那个趔趔奔来却炮炮放空的姿态，在堤上堤下，在林中林边，像宽银幕电影中的鬼子兵一样，显得非常狼狈和可笑。只见老叶在雪花的抽打和笼罩下，快快地、急匆匆地离了这里。不知怎的，他那又厚又驼的背影，忽地让我想到了我那个当过国军连长，被派到庄稼地里看青的舅爹。视野里的老叶还没完全消失，我们就大摇大摆地复出了。我们自然每次都大有斩获，砍得一截截的干死的还有活生生的青褐色树枝，然后整齐地放进篮子里。当我们左手臂挽着沉甸甸的篮子，翻过大堤，下到平台时，上身已向右倾斜了30度的样子，而快到家门口，听到母亲的声音时，倾斜度顿时加剧，几乎达到

50度以上，并伴以很重的喘息。这种姿势和声态幼稚而鲜活，显系表演和夸张，但母亲们却喜闻乐见，她们每每报以灿烂的笑容。

雪后是要上冻的，这时树是爬不了了，那就刨树根。柳树的根须最喜外露，加上每年汛期江水的浸泡冲刷了，外露得更厉害。我们每人逮着一棵粗壮的树，蹲下身，抡起弯刀就马不停蹄地各自"作业"。对付树根，最佳工具应是直口的篾刀和厚重锐利的斧头，但我们哪家都没有，除了篾匠家和木匠家。篾刀和斧头比起弧口的带着鹰钩鼻状尖头的弯刀来，钱要贵好多，一般人家实在打制不起。

"给我一根撬棍，我能撬动地球"，多年后，我读到这句哲语时，并没感到很新鲜，只是会心地一笑。因为我们早就在少年时将它的精髓充分地领会和汲取过了。因陋就简是我们的指导思想，充分释放自身能动性，把弯刀的作用发挥到最佳状态，是我们的追求，而掏挖砍切拽拉扯并用，则是我们的战术。刨树根完全在地上操作，更利于我们闪转腾挪，老叶对我们就更没办法了。以致有时出现了一种这样的奇观：我们在下面与树根奋力搏斗时，老叶却在堤上面对着我们站着，甚至坐下来，像是一个观景的看客。啊，真是谁也阻挡不了我们，包括冻土，寒冰，积雪，等等。

晒干后的树根，比树枝更重，质量更佳，也更经烧，深受母亲们当然还有灶王爷的喜爱和青睐。当我们挽着整篮子的树根，以30度至60度逐步加码的倾斜身姿临近家门口时，听到我们脚步声和喘息声的母亲们，连忙跑出来接，那高兴劲，就好像我们弄回家的不是一箩树根，而是一箩黄金。

开饭时，我们就有一大碗油炒饭吃。没有油炒饭吃的兄弟姐妹们甚是愤懑。羡慕嫉妒恨有个屁用，谁让他们在母亲分派任务前，就以各种无耻、可笑的理由，狡猾地开溜啊？！

夏日正午的秘史

　　夏日正午，无论农事再忙，也是一段绝少更改的最宝贵的小憩时间。堂间、门道、屋前的树荫下，临时支放着竹床或门板，上面四仰八叉地躺着刚才还在地里汗流浃背拼命干活的人。村庄里的大男子主义在此得到了充分张扬，女人与男人一同从田里干活回来，但一走进家门，卸下农具，二话不说就躺下的，几乎一律都是男人，丢下女人兀自演奏一段锅碗瓢盆和猪哼鸡鸣交响曲。其实女人们也只不过是歇憩得迟一点儿罢了，她们烧好饭，喊醒男人，招呼孩子，一家人吃毕，将碗筷胡乱收拾一下，自己也就找一处地方躺下了。而男人则是胡子一抹，仍回原处抓紧时间躺下，头刚落地就又打起了呼。

　　于是村庄的正午开始进入一个不啻夜晚的静谧状态。土墙脚下蟋蟀的弹奏和偶尔发出的鸡鸣声反衬出村庄的静。一群幽灵登场了，他们是一些十来岁的孩子。他们伴着隐身的白无常、黑无常，在树林里、田沟里、菜园里甚至坟地边胡乱游荡和折腾。他们合群的就集体活动，不合群的就特立独行，各有其隐秘的所在，也各有其乐。东歪西斜的灌木、笔直向上的乔木，以及各种各样的茅蒿、野草是他们的朋友，蟋蟀、金龟子、家灵子是他们的兄弟。他们在游荡、游戏和折腾中重复着发现的快乐。他们不厌其烦，永远充满着好奇的新鲜感，永远执着于贫穷而有白云飘荡、植物葳蕤的这块天地。这就是乡间孩子，一群用赤脚去不断体味"活着"的诗意的不自觉者，一群用光膀子去亲吻太阳的小幽灵。乡间孩子由此打下了自适的根基，难怪在波诡云谲的城市里冲杀的强者中有不少人曾经是乡间的孩子。

有一群这样的乡间孩子，他们生活在地方偏僻、家境贫寒的长江同马大堤下，然而，他们却能在夏日正午独享一种高标独具、傲视群伦的游戏。我是说，这个游戏是孤品，对于别村的孩子来说，是完全生疏的玩意，见到它，简直会感到莫名其妙。这个游戏的名称有些奇怪，叫"刷刮"，说起来也是简单不过，但奇迹往往寓于简单中。"刷"是动词，"刮"是名词，动宾词组，斩钉截铁。所谓"刮"，不过是一块几寸见方半月形的杨木或杉木块，竟被谁突发奇想地首称为"刮"而一言定名。啊，它是木匠做水车时从榫头之间锯下的边角料，但由于其边拐分明、双面平光、规格一致、布满了树木的年轮且散发着新鲜木头的气息，便被孩子们慧眼识珠地从木匠的斧子下抢救出来而提格为宝贵的游戏之物！

游戏的参加者少则二三人多则十余人不限。烈日下，一块空地上，每人手持一只"刮"（可称为"母刮"），口袋中装若干只"子刮"，每一轮各出一只"子刮"摆到地上，整体合拢摆成圆形；再在距二米外的地上画一条短横线（类似跳远比赛的起步线），在十米之外的地上另画一条作为边界的长横线。这些准备好后，每人便按事先排定的顺序，依次立于二米短线边缘，用"母刮"瞄准地上的"子刮"群猛力掷击，若是将某只"子刮"击出十米长线外，该"子刮"即归谁所有，直到群"子刮"全部击出界为止。几盘下来，就总会有人将放在荷包中的好几只"子刮"

输光，有人则赢得盆满钵溢。

有些意思吧？我至今仍认为，它实在是一个非常有独创性的独一无二的了不起的游戏。

有时，不免会有这样的情况出现，大家哗哗啪啪极严肃地"刷"了一阵后，不知何故吵了起来，甚至打起架来，无非是有人犯规、赖皮吧，但一会儿就又恢复了秩序，大家又满头大汗认真严肃地"刷"起地上那些饱经打击仍坚韧不拔的"刮"来，毕竟规则起了作用。这就像船桨破水，当船离开后水面马上又恢复原状一样。看来规则在任何人群中的任何游戏里都有无法言喻的效力，应该说这是有一种神秘的力量在其中维系着。

有一个这样的乡间孩子，他是上述群童中的一个，他也许是一个另类。有一天他突然厌倦了"刷刮"这种重复不止的赌博活动或曰竞技运动，厌倦了在树上掏鸟在沟里斗蟋蟀，厌倦了用竹竿系一只有口的塑料皮做的套去套树上的蝉，厌倦了游到小河对面的沙滩上偷菜瓜……于是他站在平原的野地上眺望隔河又隔江的远山。他觉得他应该到山上去看看，看看为什么那个高耸入云之物就叫山。他没有多想什么，义无反顾地朝山的方向走去。正午的阳光炽烈地烤炙着他光而黝黑的脊背，短裤衩上的湿泥块很快就干得掉了下来。从正午出发的这个孩子一直走到太阳落山也没有到达山地，当他披星戴月地走回村里时，村里正乱得像一锅开了的粥——为他这个失踪的野孩子。人们惊异于他的述说和迷途知返，认为他能按原路返回而没有走丢是一件了不起的事。由于这样的夸奖，他的父亲停止了暴跳如雷。

如今只有这个孩子还认为那是一次失败的行走，他认为他至今仍在这块土地上没有出息地盘桓，在那一次就定了调。现在他想，如果说他真有什么值得称道的事，那就是发现了蝉的一个秘密：蝉蛹是自己把自己养在大树旁边泥土的浅层里的，它通过一个针眼大的气孔呼吸并与外界相接。如果用一根细竹茎一挑，那块泥土就破了，灰色的肉巴巴的蝉蛹就暴露在光天化日之下。而黑色的有翼的在正午趴在树枝上叫个不停的那些雄性的家伙和一声不发的它们的异性，都是从有气孔的土里跑出来的。当然从地下到树上这中间，它们还要"金蝉脱壳"一次，遗下完整的壳牢牢粘住树枝，大风无法将其吹落。这就是蝉也就是乡间孩子称为"家灵子"的一个秘密。算不得秘密？不，它就是一个秘密，是夏日正午大人们小憩时孩子们发现的一个了不起的秘密！而且这一秘密随着现时村庄小憩状态和孩子们逸趣的式微而显得弥足珍贵。

我所说的这个孩子是我也是你！我们都来自村庄，我们都曾是乡间的野孩子，我们身上总有那么一股泥腥气，我们共有的秘密仍保留在夏日正午村庄的大片草皮下。

操持乐器的乡间游子

现在我只要打开记忆之门,那个吹箫人总是闯到眼前来,其音容笑貌仍是一成不变,使我觉得岁月仿佛从未流失过。吹箫的卖板糖的人,其实并非一个,而是多个,只是因他们的装束都差不多,特别是都吹着箫而来又吹着箫而去,所以镌在我印象中的他们就成了一个人。

缓慢的乡间生活节奏,纯朴的村落气氛,生熟无欺的人际关系,现在说起来,就像是念一篇朗朗上口的美文,吹箫人就是篇中精彩的一段。通常是在正午时分,他出现了,但开始并不见其人,只闻那箫声悠悠飘来,在微风中时断时续。我们立即拿上已备好的牙膏皮、废铁桶箍还有鸡蛋之类的,向箫声传来的方向跑去。他挑着两只圆桶形的竹筐,一只装着废品,一只的口檐摆着一整块板糖,由筛子托着和塑料布盖着。他左肩扛担子,只用左肘高高地压着扁担,而十个手指都用于攥按尺长的竹箫,整个的姿势便因之显得极有雕塑感。他放下担子,竹箫搁到盖糖的塑料布上,远远地候着我们。验收过我们递给的交换物,他便掀开塑料布,露出好大好圆的一块白米板糖,然后操起一截约三寸宽的刀片和一把玩具般的小铁锤，又慢又快地敲下或长或短的条形糖块来。不说那即将入我们嘴的好味道，单就他那一套操作动作，就够我们痴迷的。没有再换糖的了，他便挑着担子向别村走去。箫声复又响起，随他渐行渐远的身影，一路弱下去，直到完全听不见了，我们才回过神来。

  卖板糖的人大抵一个星期来一趟，这使我们蓄够了等待的烦躁和愉悦，直到他的到来，那烦躁便一扫而尽，而愉悦就向高潮奔去。"他"换了一个又一个，没有谁知道他们来自何方，家在哪儿。现在想来，他们好像不是生意人，好像不是为了赚钱，倒像是专为我们这些孩子而来，为使我们获得小小而巨大的幸福而来，那箫就是"布道"的神器，那箫声就是我们心灵的天籁。

  还有一类在乡间走动的操持乐器者，至今也不能忘怀，我指的是说鼓书的。不像以物换物的卖板糖人，用那竹箫是为了代替吆喝，说书人则纯粹用乐器来干活和赚钱。那时见过的说书人肯定不止一个，但我也总觉得他们就是一人，其特征绝非戏台上的长衫大袍，穿着与村人并无不同。他们的行头简洁而生动：一鼓、一槌、一副快板，有时简洁得连后者都没有。

  深冬地里没活干了，说书人适时而来，开场时间一般定在晚上，地点在全队最有影响也最殷实的人家，而其实说书人也是这家花钱请来的，当然也管饭。说书的这天晚上，这家宽阔的堂间至少要挤上50人，有时更多，直到挤满为止。照例是这家的户主及其老婆分坐在八仙桌的左右，旁边则立着面对行头和众人的说书人，下面依次零乱坐着各家来听书的男女老少，大致是威望较高或面子大些的坐在靠前的位置，而我们这些孩子实际并不受欢迎，因而根本就没有座位，只能挤在后面也就是靠近大门的地方，但这完全不妨碍我们的好心情。

  咚的一声，说书人一槌击在牛皮鼓面上，众人顿时敛了声息。说书人先是悠悠地开场，忽的一个转折，正式说唱起来。那说是拖腔带调的说，那唱是落在每句最后几字的哼唱，实则那说即是唱，那唱即是说。最重要也最好听的当是那尾音的哼，极富韵味，伴着鼓声、快板声，如泣如诉，如舞如蹈，如唐朝的浔阳江上商人妇之琵琶曲，和公孙大娘的舞剑器，又如盛夏的凉风冬日的暖阳，使人忘记了喝彩。其实我并不明白都说的是些什么故事，我完全是为了那哼唱而挤进来的，我因那哼唱而陶醉，也因那为强化哼唱而不时落下的鼓槌和受槌击响起的咚咚鼓声而神魂颠倒。而那个表演者，那个不知来自何方已然被我们视为侠客的说书人，则完全是沉浸在他自己所营造的气氛中不能自拔，汽灯并不明亮的光分明照见了他额头上渗出的汗水，但他一点都没有要擦拭的意思。

　　说书人来一次大概要用五个晚上说完一部书。他静静地来又静静地走了，只有那几个晚上是轰轰烈烈的。他走了，给我们留下了遗憾和新的期待。现在我才知道他或他们说的无非是《水浒》《三国》《七侠五义》之类。他们对这些书有独特的理解和富于本质的传神表达，与现在电视上的说书根本不是一回事，可惜今天已经失传了。

斗棋记

我们这儿前些年有一所屋面不算太大但很整洁的乡村私人医疗室，医生是个半路"出家"的半老头儿，高挑的身材，讲话慢条斯理，乍一看不像医生，倒像个账房先生。

有意思的是医生还是个象棋迷，常有一群闲翁懒汉来会他，直把个医疗室弄得像戏游室。他一下起棋来就忘记了本职工作，老是让来看病的人在旁边等。他自认乃弈棋的高手，村里却又难找对手，遗憾之余，常只得与庸手弈上两盘，聊以解瘾。不过这群人中原是有一个棋风剽悍凌厉的小伙子，尚称得上医生的对手，这小伙子乃此间一怪，因为他只在下棋时对棋子上的字个个识得，其他一切时候和场地碰到车马炮这类字就成了睁眼瞎，医生颇喜与其对弈，但小伙子于不久前出外打工去了。

一日，医生忽听到门口一陌生又熟悉的声音叫他的名字，原来是他儿时的伙伴胡镇长来了，只是两年前就已不是镇长而成了退休佬。这两个人从儿时起就喜欢互争高低，后来当然是医生输了，因为对手不仅当上了干部，最后还做到了镇长的位置，退了休后一直住在县城。

见到久违的朋友兼对手，医生立时兴奋起来。"哟，我们的胡镇长大驾光临了！""什么这长那长的，也是平头百姓一个！"二人进屋，众人很自觉地将象棋让出，他们知道这两人是此间的下棋高手，在不多的几次相遇时都要杀上几盘，可谓棋逢对手，互有输赢，谁也没占过上风，往往是无声无息之中风暴乍起，棋上斗法，脸上斗色。这次也许是两人好长时间未见面的缘故，一直风平浪静。胡镇长连下五盘医生都输了，而赢棋的并未见喜色，输棋的也未显怒气，平淡地结束了战斗。众人甚觉无味。

次日胡镇长又从县城搭车姗姗而来，复与医生连战五盘，怪的是这回都是医生赢，又是客客气气地结束了战斗，众人甚觉纳闷。

第三日，镇长租了一辆的士，一大早便到了，一进门就看到棋子已经摆好，医生正坐在一头处于等待状态，似料准了他要来的时辰。镇长也不打话，坐到另一头去。因为时间尚早，众人大多没来，有一好事者急忙跑去通知，所幸众人来时二人还只动了两步。半个时辰连战三盘，镇长皆输。医生说不下了，镇长却不说话，只顾摆棋子。于是又下了两盘，镇长还是输，还是要下。医生说有人等着看病呢，明日再下如何？众人也说镇长今天手气是差了点。镇长气得不行，呼地立起，直嚷："最烦的是下棋时许多乌鸦在旁边直叫！"这时真有一妇人牵着小孩来看病，医生像得了特赦令似的撂下棋盘和镇长接待病人去了。镇长坐在那儿一语不发，脸慢慢地变得铁青，眼也瞪得老大，胡子也抖动起来，在众人的注视下怏怏而去。

第四日，我来迟了，见到医生和镇长正杀得难分难解，看镇长既平静又兴致很高，而且对围观者的咋咋呼呼也不介意的样子，就知可能是赢了两盘。眼下也正占上风，只见他出子利落，步步紧逼得医生直叫屈。

正当镇长乘胜追击之时，忽走进一高个子老头，操着外省口音向医生问好，原来也是医生的一个朋友。

医生正要起身,却被镇长按住:"该你出子呢,别输了就想躲!"

医生有些火起,说:"你这人怎的这么不通人情,谁躲了!出子就出子,谁含糊你!"

二人马不停蹄继续缠斗。外省人也围上来看,他显然不认识镇长,帮着医生盘算,一会儿嚷打炮,一会儿又喊跳马,医生终于起死回生赢了这一盘。镇长阴阳怪气地说这一盘医生赢得不光彩。接着一盘,医生又赢。

镇长轻轻而清楚地吐出一句:"是哪里跑来的一只野鸟直叫唤,真讨厌!"说着脸又变得铁青,胡子也抖动起来,只是嘴角多了一样冷笑。

医生说:"人家是高手,你敢不敢同他下!"

"是好汉还是孬种光说有什么用!"镇长把手一挥。

外省人边说自己肯定不是镇长的对手,边坐到了镇长的对面。大家敛声静息,等着看外省人是如何将镇长战败。外省人果然连赢三盘,且每盘只用了5分钟,把个医生乐得呵呵直笑,仿佛是他把镇长战败了。

"得罪得罪!"赢了棋的外省人有些不知所措地说。镇长一声不吭,也看不清脸上是什么神态,几乎是跌跌撞撞地出了门。

众人纷纷说镇长明天是不会再来了,只有医生坚定地说:"明天他要是不来,我送每人一盒仁丹!"

说的都是前些年的情景,如今医疗室仍在,只是主人已换成了医生的儿子,医生入土为安大约已有五年了。小医生不爱棋道,他那儿如今除了来看病的,再无别种人,显得有些冷清。至于那位退休镇长我们也好久没有见到过了。

驯牛记

耕牛长大了后,农人总要让它过一关,那就是将牛的两个鼻孔之间的隔肉用竹签之类的利物穿通,然后安上一截两头粗中间细的结实木头,再在木头上系上缰绳。那应该是个残酷的仪式和痛苦的过程,但这却是作为庄稼人和进入"而立"之年的牛不可免的仪式和过程。我一直生长在农村,并且曾在队里做过一段时间的看牛伢,虽然遇到过好几次牛在劳作中因不堪驱使而挣脱缰绳自毁鼻子的事件,但却难得看到穿牛鼻子的情景,仅仅碰到过一回。

那是一个阴历五月的清晨,我晃担空水桶到堤外边去挑吃水,走到一户人家的门口,忽然看到几个人围着一条水牛在忙着什么。我看到那是一条"青年"的牛,他们绝不是要杀它,而是在给牛穿鼻子。围着看的有六七个人,但操作者却只有三个青年人,30岁出头的叫荣华,另两个都是22岁,叫先宝和运狗。水牛的头和前半身,用一根粗麻绳牢牢绑在一棵叶子哗哗响的老杨树上。运狗竭力地拽着牛尾巴,身子向后仰着;先宝奋力地抠紧粗麻绳;荣华则手抖抖地攥把削得尖尖的竹签子向着牛鼻子。几个人的汗水都湿透了背心，人和牛都气喘吁吁，显然在我来之前有过几次失败的尝试。

这一次又开始了，只见荣华咬着牙一手捏住牛鼻子，一手握紧竹签子，对着牛鼻孔之间的肉戳去，但竹签戳痛了牛，牛便四蹄抖动起来，没有被绑着的后半身猛的倒腾着，并发出令人同情的哀叫声。杨树上的叶子有许多被牛摇下来了。旁边围观的人又加了好几个，十几个男女老少都议论纷纷，就是没有谁上去帮一把，可能是帮不上忙。拽尾巴的运狗已是全身冒粗汗，显然耗尽了力气，不时地随着牛的摆动而摆动，有时还险些被牛尾巴甩掉。拽绳子的先宝两眼瞪得老大，是一副急不可耐的神情。而"操刀手"荣华更是急躁不堪，手上不停地戳着，嘴里不停地骂着，听不清是骂牛，还是骂自己，还是骂另外两个笨蛋，还是骂十几个看热闹的闲事佬。人和牛都不动了，但都保持着搏斗的姿势。这一次又宣告失败。

精疲力竭的人、痛苦不堪的牛都停下来了。人放开了绑缚的牛，可怜那牛一没有了刺激，就安宁得像一只十分驯服的老猫，又仿佛一个肚子阵痛的人，突然在一阵折腾后疼痛消除了，有一种从未有过的舒坦。三个人一屁股坐在地上，都绷着脸讨论失败的原因，说着说着竟相互指责起来，认为是别人太外行。就有看热闹的喊："你们要是替换一下角色肯定能成功！"

于是三人无奈，拽尾巴的改为拽绳子，拽绳子的改为戳鼻子，戳鼻子的改为拽尾巴，又一次把牛弄得要死，把人累得要死，还是没能成功。三个人停下来发呆，看热闹的感到没劲，却又赖着不走，只有一个还是被老婆骂回家去的。

这时，我看到在大家谁也没有注意的当口，走来一个老头儿。这人60多岁，伛着个背，穿着一件打着补疤的脏兮兮的褂子，走路歪歪趔趔慢慢悠悠的。大家谁也不认识他，可能是过路的。他走到人群中，看了看，听了听，只轻轻地说了句"这牛好穿"的话就要走。有人看他一副邋遢相，就很有些睥睨："你莫在我队里吹牛！"老头儿揉了揉眼睛，收住了脚步："敢打5块钱的赌不？"这时荣华走到老头儿面前："你要是成了，我付你10块，要是不成，你输给我5块，行不？"

老头儿有些怪样地摇了摇头，咂了咂嘴，然后走到牛跟前，聚精会神地瞅了牛好一会儿，突然念道："牛儿牛儿你莫怪，老儿我不是来使坏，穿上鼻子你就帅，耕地耘田好自在！"三个失败者又紧张地围住了牛，如临大敌，拽绳子的拽绳子，拽尾巴的拽尾巴，递竹签子的递竹签子。老头儿突然一手捏住牛鼻孔，一手接过竹签子，一摆身猛地将竹签向牛鼻孔戳去。老头儿转身说："好了！"没见牛痉挛和颤抖，过程谁也没有看得真切，只是那竹签确实穿在牛鼻孔之间，殷殷地盈出了血。

那老头儿接过10块钱的一张票子，只摸了摸，却还给了荣华，还未等荣华和大伙儿反应过来，便转身歪歪趔趔地走了。

"那老叔，我再加10块，行不？"老头儿头也没回，只将一只手向后摇摇。

老头走得看不见影了，大家才缓过神来。有人便说："那是个怪人！"又有人说："是奇人！"

那天，我家早饭比平常迟吃了个把小时，因为没有水。我挨了父亲的一顿臭骂。

亲爱的麻雀

鸟类当中，麻雀是最擅长搞哄抢勾当的。其哄抢行动，从策划、实施到善后，自始至终都能体现出一种战略的高远、战术的精当以及细节上的狡黠，且贯穿了奋勇无畏的精神。

午后的三四点钟，大晒场上，匀平摊开的小麦、玉米或者水稻已晒得七八成干了，正散发出一种迷人的当然也迷鸟的气息。此前麻雀已通过大小头目在林中的碰头会议，又经过从早晨起就不断派出的三三两两的刺候和观察哨的侦测和探察，已确知此时正值看场人进入懈怠的时间段：偌大的晒场上，竟只剩下四五个八九岁的孩童在那里心不在焉地看着。

是时候了！于是它们，为数约为两百来只吧，便以从天而降的奇兵姿态，几乎同时散落到这片纯粹的粮食层上，并刮来类似于几只大木盆同时戽水时产生的那种"呼"的一声。它们紧张、激动地抢食着无须剔除分拣的粮食，以坚韧之喙啄击粮层及空隙间露出的零星水泥地面，啄击的频响犹如号角和宣言：饕餮大餐哪，时不我待呀，撑死拉倒啊！

那几个孩子没有发现身后突现的异动，因为他们正在晒场一侧聚精会神地玩一种叫"刷刮"的土游戏,直到有好几个老头老太,大呼小叫着从四面八方踉踉跄跄趔趔趄趄地跑来驱赶,他们才知道大事不好,于是气急败坏地跑上去,用随便抓到的什么东西,胡乱击打着正埋头苦干的麻雀们。麻雀们并不离去,采取了移位躲避的方式继续豪啄着粮食。当更多的人特别是闻讯而来的暴怒的青壮年也参与进来时,它们才依依不舍而又果断地撤离——只"嗡"的一声,就踪影全无了。

这便是往昔,最典型、最平常、最司空见惯,也最让我们孩童深受其害的麻雀哄抢晒场的场景。我们的屁股因之不知被父母抽过多少回了。令人感慨的是,如今即便是最偏僻村庄里的孩童们,想要复制这种场景、领受这种遭遇,也几无可得,因为麻雀群已不复见。

这么多年来,生态的一双巨手不知放失了大自然中的多少身影。现在,当我读到"麻雀才是我所知道的鸟中之最"这样的诗句时,我感到是那样的亲切和充实,却又是那样的空空荡荡。

对于麻雀,无论你生在农村还是城市,我们的确都能说上几句,可惜都只能凭记忆想象一番,如同回忆早年夭折的弟妹。

我敢说,即使当年受命于父母看晒场上的稻麦时,我也没有真恨过麻雀。它们有什么过错或不好呢?它们偷嘴,它们吵闹,甚至哄抢,可它们更有功在这之前和之后:在我们不知道的时候、看不见的地方,它们灵巧的嘴不知默默无闻地消灭了多少庄稼的害虫。

一年四季,它们辛勤地飞啊欢畅地叫啊,伴随着我们悲喜循环的村庄,勾画了一幅幅多么生动的人间烟火图。

父亲曾颇不耐烦地对我吆喝:"懒鬼伢,你么事不多拣些土巴坨备着,对麻雀就要死砸!"

育秧时节,稻种撒到远离村庄七八里的秧田里后,是我们这些伢子最倒霉的时候。天未亮,就被父亲撵下床,带上母亲早就挑灯备好的干粮和水摸黑远行。从天麻麻亮,一直到天黑,我们都战斗在大湖田一角的秧田的四条埂上。在那种既广阔又狭窄的地界，四野茫茫，群雀环伺，危机涌动，险情汹汹，一个少年由此所产生的那种孤独无依、无力无助感和寂寥心境，是难以言喻的。晚上疲累地回到家，还要接受父亲的"制雀战术"的总结和部署。真是很讨厌。

然而，我丝毫也不羡慕今天看秧田的轻松少年，只有惋惜。他们难以算是真正的看秧人，因为他们几乎没有麻雀作对，只有猪鸡鸭之类的和他们捣一捣乱，而猪鸡鸭之类根本算不上合格的敌人。一个没有真正敌手的战士，还算是战士吗？

事物的对立统一关系无处不在，在远村近墟和广田大野也不例外。我们在与麻雀展开频繁、旷日持久、苦不堪言的对垒作战中，也慢慢体会到了劳动、田园诗和风景画的趣味，并由此恍然把麻雀当成了朋友而非仇寇。而麻雀显然仍是把我们视为大敌的，但这并不妨碍我们秘而不宣的愉悦心情和良好感觉。

麻雀不悦高堂大居，最喜平民人家土砖茅屋。秋日一个漆黑的夜晚，我凭着一只电筒和一把短梯，在自家的茅屋檐草窠里捕获了一只正酣然入睡的麻雀。我用长线拴住它的一只脚，关上前后门在屋里放飞。我用手掌托着些许米粒，送到它嘴边；它小心翼翼地啄食着，喙触至手掌心时，就有一种麻酥酥的享受。我还捏来一酒盅水，抵到它的嘴上，但是遭到果断的拒绝，它将头坚决地扭向一边。用另一只手将它的头强往酒盅里按，它反抗得更加激烈，双脚快速划着，羽毛膨胀着，于是我放弃了给它饮水。第二天，这只甚感蒙羞、极端愤怒的麻雀，在我不备时拖着白线逃跑了。唉，供吃供喝反使其深受屈辱，趁机逃跑自是它的必由之路了。我回想到，自始至终，它竟然一直没有发出过哪怕一声轻微的叫唤，至今才明白，原来沉默是它表达最大愤怒和最强烈反感的方式。龙属大海，虎归深山，无疑它是永弃我家屋檐那个它苦心经营的蜗居，归向树林了。那天傍晚，我在村外那片幽深的杂树林里，无比诚恳无比幼稚地找了它好久，等了它好久。啊，这是我第一次也是至今唯一的一次接触到一只麻雀的鲜活的身体，竟黯然收场。

哗啦啦，犹若一阵旋风、一声号令，时空中，几乎所有的麻雀都毅然决然地逃走，归集、隐遁到一个人迹罕至，绝不让我们侦知的地方去了。依稀留存在我们记忆或曰梦境里的景象，是它们最后的背影：茫然地跳跃、惊惶地升起、忧伤地飞翔、邈远地叫唤，其中还奇怪地穿插着我们的一只只丑陋的弹弓和少许怪样的鸟铳所发射的流丸，在空中画着尽管潇洒却很诡异的流线条或弧线。

我不明白，我们有那么多诗人，却鲜有吟咏麻雀的杰出诗章；有那么多著名的画家，画下了许多飞鸟，却近乎没有麻雀恢宏的画卷。

为了忘却的纪念，我用我的拙笔来为我们亲爱的麻雀们照张相或录个视频吧：

学名谓树麻雀，我们所见皆为此类。体长约10至15来寸不等；身躯玲珑丰满，细小而不干瘪，丰腴而不臃肿。头顶栗色，喉部黑色，脸颊白色，颊有黑色斑块；羽毛算不得艳丽，也称不上新奇，浑身布满黄、褐、灰以及栗、黑、白等低调、普通色彩。铅黑的椎形短嘴和赤褐的圆晶眼睛，以及灵巧的脚、爪，极匀称、极和谐，达到了无可挑剔的完善。还有，它们雌雄形色非常接近，不易分辨。

它们的"嚓嚓嚓""驾驾驾"或"恰恰恰"的叫声，颇具金属音的质地，短促而连绵，坚脆而清亮，当属鸟类中的不俗之鸣。

它们是不迁徙、不远征的留鸟，似从不与任何候鸟交集而认亲结友。栖息于屋檐和田野附近，活动范围不超过相邻的两三个村庄。在地面活动时双脚跳跃前进，飞翔时，根据情况，单飞、双飞、群飞，不一而足。

此外，它们颇具情感，熟谙亲情和懂得感恩。这一点我曾有些体会和感触，在读过屠格涅夫的散文诗《麻雀》后，感触得到了加深。一只母雀为保护不慎坠地的幼雀，以弱小的身躯紧张而又毫无畏惧地与一只大狗不懈搏斗，震住了大狗，从而获得完胜。这样的母性的光辉和奋不顾身的献身精神，不仅把当时的执笔者屠格涅夫，也把之后一百余年间阅读此故事的无数之人包括我在内，感动得一塌糊涂。

它们还曾与历史相对应，在20世纪五六十年代相交的时候，被列为四害之一，后获平反。但是在复兴了十余年后，先是慢慢地，随后是逐渐加速地，迷失、消遁在鲜花盛开、庄稼茂盛却也是农药气息弥漫的田野上。

好了，这就是我所见所闻过、亲近过和所能够描述的麻雀的音容体貌了。以此为存照吧。我还要说，并不是现在麻雀极少了便显得物以稀为贵，它们原本就是美丽、珍贵和深具尊严的生灵。

想想门可罗雀这个古老的成语，想想已故去的父亲曾在他花甲之年时，不经意地问过我的那句话："伢，你晓得麻雀现在都到哪去了？"我就有一种恍若隔世和正陷入时空构筑的曲折胡同之感。

如果要问大群的亲爱的麻雀什么时候回来，就如同问老者他的赤诚的初恋何时可以再来一次一样，令人尴尬、迷茫又伤感。

我当小贩的经历

我在比现在年轻20岁的时候,是一个最无知却自认为什么都懂,什么都看不顺眼,什么都不在乎的17岁毛头小伙子。我老爹说,你总是针尖对麦芒地干,这样下去一定会吃亏的。老爹的话我一句都听不进。那一年我不再上学了,可是又厌恶做一个啃泥巴坨的庄稼佬,就像许多刚出校门的农家伢一样。我开始了东游西荡。一段时间后,我老爹觉得我太不像话,就硬把我送到一个私营家具厂去当学徒。五个月后,我偷带了师傅的刨子、锯子和斧头各一把逃回了家,因为我实在受不住当徒弟的那一份罪,例如吃饭的时候,必须捧碗在师傅后而放碗在师傅前,我从小吃饭就慢得要命,那段时间把我折腾得更是面黄肌瘦。我老爹气得不得了,但又没有办法,他老人家只好带着我偷回的家伙外加两瓶老白干去向师傅赔了礼。

我又开始了东游西荡,直到有一天,我看到生病的老娘挑着一担自家种的菜,要到离家20里的县城去卖,我才感到羞愧。第二天我就抢了老娘肩上的菜担子,开始了短暂的卖菜生涯。

有一次，我过江去卖甜瓜，山上有个三线工厂，工厂里的工人有不少是上海人。这一次我就碰到这么一个上海人来买我的瓜，真是叫人事过想起来笑破肚皮。这是一个三十一二岁的上海人，没有结婚，光棍一条，此地有名的横人，这些情况我在事后才听说的，但是开头我就猜着了这家伙恐怕有些"不凡"。他走到我跟前，用欣赏带着些贪婪的眼神看了看我的瓜，然后操着浓重的上海口音说："阿拉要买你的瓜，你的瓜甜吗？"我说："保管香甜可口，不甜不要钱！"他兴致勃勃地捉起一个大瓜说："阿拉就称这个瓜。"我一称，一斤半。他对我说："你替阿拉削好。"我把瓜削好，又剖好，他接过就啃，喉结蠕动着，眉头紧皱着。又嚼了第二口，却马上吐了出来，大声说："妈的个×，你怎么骗人，这瓜哪里甜？"我大吃一惊，半天醒悟不过来。我说："我的瓜香甜可口，你怎么说不甜呢？""甜你妈×，你骗人！"说着，他竟将那手上的瓜往筐子里掼去，有三个瓜被掼破了。我的火不禁腾了起来，就像我在许多情况下一样，实在忍无可忍。我心想这是哪里的一个野兽，这样不通人情。我说："你这个王八操的，瓜不甜就不甜吧，可你干吗往我筐里掼，又掼破了好几个，你还没付老子一分钱呢！再说，什么叫甜，什么叫不甜，难道糖就叫甜，蜜就叫甜吗？难道我的瓜不甜，反倒苦吗？你那么有本事为什么不回上海去！你这个畜生，你说，我的瓜是甜还是苦？妈的，我今天非和你拼了不可！"那上海佬被我的一阵排炮震得怔了又怔，大概觉得碰到了一颗硬钉子，他口中唧唧咕咕的也不知说些什么，然后很迅速地从我筐里抓起两个瓜，一边肋下夹一个地跑去。我真是奇怪得不得了，气愤得不得了。我扔下担子也不管了，直向上海佬追去。在路上，我隐约听到人们说："刘光棍今天想不到碰上了对手，想不到他也被卖瓜的唬住了，这个卖瓜的可真是不好惹。这下有戏看了！"我一直追到他的工厂，但是他在大门口一转就不见了。我碰到另外一个人，他问我干什么，我就连气带恼地全讲了，他告诉我说："我是他的车间主任，有什么事可以找我。"我说:"我找你干什么?我一定要把他找到,和他较量较量,真是岂有此理,吃瓜不给钱,还砸瓜抢瓜,简直是无法无天!"那个主任说:"这位小哥,算了吧,他应该付多少钱?我来付!"我说:"你们怕他,我才不怕他呢,你去把他找来。"那个主任掏出两块钱硬往我腰里塞,我坚持不要,说一定要那个上海佬出来。那个主任无奈,也就走了。我被门卫堵在厂大门外。我从上午等到下午,可那个上海佬一直都没再露面。眼看就要误了最后一班过江的船,我只好挑着还没卖出几个瓜的担子走了。

不料回家后我挨了老爹好一顿数落,他说我为人尖刻,是个没有同情心宽容心睚眦必报的小人。"人家上海人和许多下放学生一样打老远的来,很不容易,你懂不懂?!"老爹教训道。

打那以后老爹和老娘说什么也不让我再去卖东西了。

我们的牛

在节奏快如疾雨的日子里,在平淡得难以言说的时光中,总有那么一小会儿,我会习惯性地想起耕牛——这张乡村底片,一次又一次,被我迅速扫描选中。

我们的牛是土地的司令,当它四蹄迈动,走完方阵时,土地便如期春华秋实。

没有牛的乡村是残缺不全的乡村,缺乏生机的乡村。牛,真正的乡村它无处不在。

这里不包括城乡接合部的乡村和田园,不包括机械化了的乡村,我的感觉很偏激,觉得它们是异化了的、数典忘祖的暴发户。

但是那些异化了的村庄里的人牛肉是吃的,所以牛的概念仍应是他们最深最明确的概念之一。

大大小小的牛走在乡村的大道和小道上,一些人坐在牛背上,一些人跟在牛后面,那么慢悠悠。

牛背的柔软和温暖,胜过沙发的柔软和温暖;牛的气息就是青草的气息、干草的气息；牛的方向就是家的方向、村庄的方向、田野的方向。一条牛就是一个家，一群牛就是一个村庄，而一个村庄的牛，就是一片宽广的麦地和稻田。

牛开辟乡村生活的航道，牛筑造城市前进的后盾。

吹牛皮、牛皮哄哄、那人牛得很，这些莫名其妙的比喻，是对牛的亵渎和攻击！

鞠躬尽瘁，死而后已，莫过于牛——

清晨，它就到地里干活：犁和耙；傍晚它拉着满车的东西回村，那车就叫牛车。它吃的是草，出的是最大的力，然而它吃的是什么草：青草它欢呼，半青半黄的草它喜欢，而干稻草它也首肯和乐意；冬天它便完全靠干稻草度日，一束一束，吃得那么艺术，那么津津有味。日复一日，月复一月，它的青春和盛年就只那么几年光阴。它老得很快，它去得静悄悄，它活得厚重，它死得仁义。

牛之饮，令人惊叹什么叫海量；牛之力，使人懂得什么叫重量。

人不膜拜牛，人的良心就不全；人不应忘记，人之所以伟大也是由于拥有并操纵了牛。人迫使牛干活，休息时给它套上嘴络子，干活时给它架上轭子，走得慢时人用桐油浸过的鞭子抽它，走得快时也抽，稍不如意时人不检点自己的扶犁技术差，却怪牛犟，便骂一声："犯瘟的！"

现在，那些获取暴利者，那些不兑现承诺者，以及那些贪公窃公不劳而获者，之所以"牛牛的"，或许是因为它们没有做过扶犁的耕者。走在城镇的大街上，那些耳捂手机指天画地者之所以"牛牛的"，则可能是因为他们多半没有做过看牛伢。

看牛伢是乡村少年的一类英雄，他们戏称自己的牛为骚牯卵子或老沙丫。为了挣得每月10个工分，看牛伢的"早课"重得很忙得很——

冬天的五点来钟，就要从床上爬起来，去牛屋门口的打稻场与十来个伙伴汇合，然后跟在那位60多岁，队里唯一的专业老牛倌后面，去两

067

百米外的草库取成捆的干稻草,再背到牛屋。牛屋里20多头牛整齐划一地站在各自的床位上,正等着就餐呢。各人将稻草捆解开,泡松而又整齐地放到所负责的两头牛的颈项下。牛急速地将草卷入口中,发出好听的咀嚼干草的沙沙声,同时稻草的香气也从口中溢出。一个小时后,草吃得差不多了,大家便将牛牵到屋山头那里解溲、排便。完了,就又牵到半里外的水塘去饮水。牛在塘沿一字排开,头俯向水面。真是"牛饮"啊,那个畅快,那个气势,每头牛的头前都有一道快速涌来的水流,唇舌下则是一圈向下凹的水涡。看牛伢们受到了感染,便在一旁嘻嘻哈哈打闹开来。牛的早餐结束了,冬天没有活干,便牵回牛屋歇息养膘。这时已过八点,放牛伢匆匆离去,赶回家吃自己的早餐,吃罢便背起书包往学校跑。

放牛伢的"晚自习"却好像悠闲得很,诗意得很,也刺激得很。傍晚,他们从学校放学回来,就去牛屋牵起自己的牛,往江堤方向走。这比散步还随便,本来就是出来"遛牛"嘛。20多头牛散在堤坡上,埋头寻觅着枯白的堤草,有一口无一口地啃着,有时扬起头来,跟同伴们哞哞地回应几声。而这时候,看牛伢们早没影了,他们在堤下的一处平台上正玩着一种叫"刷刮"的"赌博"游戏。牛们也显无聊,公牛们就将头弯到90度,对着地面嚓嚓磨角,这是要战斗的信号。果然就有两头牛打了起来,牛角碰牛角,牛身撞牛身,发出当当的或膨膨的声响,惹得看牛伢们放下游戏,呼啸着往堤上比赛似的狂奔。牛的荣誉就是看牛伢的荣誉——当他的牛打赢了时,他便趾高气扬,忘乎所以地擦去牛角上的泥;而打输了时,他便唉声叹气,对牛几天没有好言语。牛是看牛伢这些乡村少年早期的朋友和老师之一,看牛伢对牛的敬畏和热爱,成人难及。

牛却好像对这一切无动于衷。它们是阅尽人间沧桑的老者和智者,自然缄口不言,只奋力干活,只苦练忍功。牛的忍,是无与伦比的忍,牛的奉献，是彻彻底底的奉献。它死去后，所享受到的盛大葬礼，便是在打稻场上，人们对它进行的"千刀万剐"——先把皮剥掉，然后身上每一个部位、每一丝肉，都被你一刀他一刀地掏取、剔除干净，生怕遗漏、糟蹋、浪费一星一点。那天，整个生产队便飘着牛肉的香味，各家各户的每一个人都享用到了久违的佳肴。而月光下的打谷场上，牛的栀子花瓣一样白的骨骼空空荡荡，像一只倒扣的废弃的木帆船。

庖丁解牛解出了千古的艺术，庄子他到底想告诉我们一种什么哲理？！

"人，牛之寄生虫！"米兰·昆德拉如是愤愤地控诉。

"牛，人之衣食父母！"莫言如是深情款款地言说。

那些满村满乡、漫山遍野的我们的牛啊！

有只土狗叫花虎

　　九岁时,我养了平生的第一只狗,我视其如珍宝。一个月大的时候,它熨帖得让人爱不释手。它有柔纯的毛,婴儿一般天真的眼睛。任人怎么摆弄,它都柔顺得可爱。长大了的它,在我夜晚出门时,总是跑前跟后,短短的路程,由它殷勤打探。有时候,讨厌它跟着,便撵它回屋里,而走了一段路后,发现它仍悄悄地跟着,便动了怒,硬是把它拽回了屋,然后把门带上扬长而去。等我在外面浪荡够了回家时,第一个接待我的必是它。我不知道,在那一个或数个小时里,它是怎样饱尝了牵挂的滋味。这就是我的"花虎",一条毛色黑白相间的农村土狗。

　　那时候,我不像现在这么独自为战地生活,而是有许多心地单纯情同手足的伙伴形影不离。记得那一天,伙伴之一的计承家神秘地告诉我他家的母狗下了一窝崽,"太好玩了!"他说。我立刻跟他一起跑到他家,在后院里果然看到六七只蠕动的小生命。"放心,过些日子一定送一条给你!"我得到了许诺,正准备离去,不想,几个伙伴闻讯跑来了,推推搡搡地看狗,都露出想要狗的意思。承家很豪气地说:"都有,都有,我保证！"

不久，我分到了这只当即便命名为花虎的狗，乐颠颠地抱回家。但几天后它却失踪了，我找了一整天都没找到。经承家分析，断定是被他那个已是大小伙子的表哥偷去了，因为他表哥来过几次，眼巴巴地盯着几只狗看。他那表哥，在我们眼中是个蛮不讲理的家伙，让他还回我的花虎显然是希望渺茫。结果还是承家到他表哥家又哭又闹，硬是把花虎给抱回来了。他那蛮横的表哥虽是十分地舍不得和懊恼，但绝没有眼下人的贪婪和欺小，当我们抱着狗走出他家门的时候，我看到的是他那一副又不好意思又可怜的神情。

经过这一小小的归属风波，花虎正式走进了我的童年生活，被我待为家中不可缺少的一口，就像是我的一个小兄弟。我没有把它当成是我的"奴仆"，把自己当成是它的主人，我更没有把它当成是我的玩物。我那时就隐隐认识到，我与它共同生活在一个地球之上，又有缘走在一起，如此而已。我甚至想到，上帝创造人与狗时，也并没有设置什么高下之限，要有的话，那也只是一种"分工"的不同罢了。遗憾的是大人们不大容易或不屑于这么想。

那年冬天，没有见过马的我，总是把花虎想象成一匹骏马，驮着我在雪原上奔驰，当我真的扑到它身上时，却把它压趴下了，我才意识到它并非马，但我丝毫没有轻视它，毕竟因了它，我的想象才变得那样具体那样美好。后来，我又听说，北方，遥远的俄罗斯，有狗拉雪橇的事，就十分地艳羡，我想，总有一天，等我们这里也变成北方时，我的花虎就会大显神威，而我就会潇洒得无以复加。那时我真是这么傻想的。

有关花虎的许多事情毕竟已经依稀了，不过，我好像是突然地想起了它还有一个"美德"：它从不对穿着破烂衣服的穷人吼叫，也从不对着衣着光鲜气宇轩昂有着一定身份的人摇尾乞怜。此一条狗似胜过一些人。不是有人把自己瞧不上的人贬为如何如何的"狗"吗？其实，仅就"忠"

而言，纯粹忠厚的狗，岂是伪装成性、唯利是图、不择手段的人所比得了的？

哀哉！我的花虎长到三岁时竟成了别人的肚中物，现在它那渺渺的魂魄也消逝了很久，但愿它是早早地超生早早地投身他胎去了。它是被人用铁丝套住颈部勒死后偷走的，那个残忍而可悲的家伙！而花虎的最初主人，我的少年伙伴计承家，1977年也因患出血热被村里的庸医误诊为感冒而不治身亡，年仅14岁。遭遇这两次让我始料不及的夭折事件，我的那一段少年时光突然变得黯淡无光。好友过早地骑鹤西去，与我相伴的生命之花一朵朵凋零，现在想起来，仍使我潸然泪下。

风荡漾在这漆黑的夜晚，卷起一股股油菜秸、蚕豆秸的香味，飘转到天上，到树上，到江边，到一切荒芜而冷漠的地方，也把我的心海无声地搅动，空荡荡的。

夜已经很深了。明天早晨我就要出发，回到千里之外的那个异乡打工的岗位上为生存忙碌。我终于没有听见一声狗吠。

畜母之殇

"养母猪,造新屋",这是20世纪70年代末期村人的共识。不过得冒些风险,因为大队规定各家只许养一头肉猪。

我家终于也养了一头母猪。初见这头母猪,我们实在不敢恭维,尖嘴,猴腮,薄耳,一副空骨架,粗糙的皮肤因毛稀而隐现出来,按丰乳肥臀的母者标准,很难相信它还能生儿育女。它是父母走了一夜的路从邻乡的一位年老力衰的老妇家偷偷牵回的。

从此,已上初中的我和上小学的弟弟、妹妹,放学回家后,总是书包一撂、篮子一挎,直奔田间、地头和水塘,到处搜寻各种猪草和蔬菜的边叶。半个月后,母猪的毛色变得有些光滑了,但食量也增长得惊人,每天打来的几大篮子水草、野菜、菜边叶、山芋藤加上从原有的那头肉猪的嘴里尅扣下来的粗糠似乎都难以填饱它的肚子。所幸三个月头上,它壮起来了,似可与它的隔壁邻居,即家里先有的那头大肉猪比比了。更可喜的是,它的肚皮开始有了那种异样的凸起。我们扒住圈墙看它,觉得它那心安理得的走动姿态颇有些怀揣六甲的妇人那种憧憬的意味。

那个中秋的黄昏，起先我们不明白它要干什么，只见到它一趟紧似一趟地从门前的柴草垛下衔起一束束的稻草，扔进圈子里，将地上铺了厚厚的一层，而母亲一直守候在圈门边，不准我们靠前。我们奇怪母亲何不上前帮它撸些草，整个过程，她只是那样扶着圈墙观察，一点也没有帮它干什么。第二天早上我们终于见到了它的身边蠕动着一群粉红而肉嘟嘟的嫩崽，竟有13只之多，煞是可爱。侧身躺着的它显得疲惫而满足。

第一次让它们母子分离的情景大大出乎我们的意料。那天我母亲进猪圈，将12只猪崽连赶带抱地弄进了两只垫着稻草的又粗又圆的篾筐，准备运到县城去卖掉（剩下一只最肥的留着自家养）。当母猪意识到事态的严重性时，我父亲已抢步进圈，一手一只地拎起筐子就走。它嚎叫着扑过来，但圈门已被我母亲迅即关上了。父亲挑着两筐猪崽，我紧跟在后面，我们踏着星露，往县城的方向奔。老远我还听到母猪那惊心动魄的尖嚎声，那是被外力强迫而致的母子分离的悲愤之声，许多年后这声音还不时地在我耳中清晰地回响。那天在县城的菜市上，我们挑去的12只猪崽一上午就卖完了。父亲理着一叠毛票块票，很惬意地塞进内衣口袋里，又拍了两拍。回到家我们傻了眼，母猪跑掉了！原来我和父亲抢走它的崽后，它狂怒地撞折了猪栏的木门。我们和母亲一起又在村头巷尾、塘沿沟坎、坝边林中、田间地头到处找了一通，仍只两个字：没有！

晚上八九点的时候，我们四个都在寡淡无味地做着作业，母亲在戚戚地做着家务，父亲坐在床沿时不时地唉声叹气。天还下起了雨。就在这时，外面传来了熟悉却又异乎寻常的哼哼声，开始是轻轻的、慢腾腾的，随后则是重重的、急切的。是的，我们家的母猪自己回来了！它冲到猪圈里，用长嘴含起它那硕果仅存的唯一的孩子；它的崽被放下后，就含起它的奶头喷喷地吮起来。

想不到经此折腾，此后两三年，当它一次又一次地产崽，我们一次又一次地拆散它们母子时，它却不再反抗了。

我们家养母猪，卖猪崽，进砖瓦，购木料，忙得不亦乐乎，却也因此失去遮掩而被盯上了。那天，父亲从地里煞黑回到家，先是乌着脸一声不吭地吃饭，饭后就与母亲说起了养母猪的诸多不好，什么母猪太能吃了，忙死人，等等。"干脆送人……送给书记算了！"末了他说。我们十分惊讶。原来那天父亲被大队书记找去谈话了，书记说你家又养母猪又偷垦禁地，你家成分本来就是"小土地出租者"，这下问题可大着呢！书记最后还丢下一句更要命的话：把母猪交到大队里来吧！

早上，母亲到猪圈去喂食，突然听到她的一声大叫。我们急忙冲过去，才知母猪夜里死了。它侧着身躺在地上，像睡去了一般。它是被药死的！

我们把它埋在菜园里，埋它的土要比周围高出尺许。我用木板做了个碑，上面用墨汁写了"母猪之墓"，正要插上去，父亲竟一把抢过去甩出很远。

母猪就这样被抛到了土里，看着那一堆土，我忽然体味到了什么叫难过。

我意识到它也是一条命，是我家不可缺失的一口。它的死比我们人类来得孤寂，死时它所有的孩子全都无法在它身边！它——世间的一个过客，至死都没能有一个名字，这一点连一条狗都不如，狗都有个响当当的名字。它的名字仅仅就是"母猪"。这是一种悲哀，这种悲哀使我不由得想起家谱上蜻蜓点水般记载着的那千千万万女人的"名字"：刘王氏、曹李氏……

我们怀疑到了那个书记，认为是他派人干的。我在路上碰到过那家伙两三回，我用挑衅的眼神瞅着他那张被酒精泡红的大脸，准备他一有回应我就扑上去。我自认为已发育得虎背熊腰，我无所畏惧。但那家伙也许是做贼心虚，竟一次也没有对我望一眼。

大概是第八天头上，母亲将狐疑而愤怒的目光一整天地投向了父亲，而父亲总是躲避着这种眼光。父亲终于从压抑的无声状态中突然咆哮了起来。"你吵着不让送给那狗干部，我也不想让那狗干部得了去！那夜我到后院去了一趟……"父亲的话戛然而止，然后蹲下身子深埋着头。

母亲扑了上去，"你这个软骨头、凶手！"父亲任她撕扯。母亲发作了一通之后，就在家里乱翻一气，找出了一块长木板（比我几天前弄的那块厚实），还找出了一盒印油。我立刻明白了她要干什么。我和母亲带着木板来到了菜园里，父亲也默默地跟在后面。那尺把高的坟堆在一场雨后已变得与周围的土地差不多高了。父亲又悄悄返回屋去，很快拿来了铁锹，一个人卖力地将坟堆垒得约有两尺高。母亲将木板插了上去，上面是我用印油写的鲜红的四个字——"畜母之墓"。

站在那里，母亲说过这样一段话令我印象深刻："我们太残忍了，自己毒死家中的一口活物。平时我们千方百计地供它食物，只不过是为了使它多产崽，多赚钱。虽然死后我们把它当成了一条'命'，但这怎能抵消生时我们对它自觉或不自觉的藐视和最后的残害呢！"母亲这个一字不识的乡下妇女说的这句悲悯的话竟有了土地那样的深度。

几年后我还从书上读到另外一句话："任何人，甚至最善良的人，身上总是不自觉地存留一分对动物的狠毒！"（雨果《悲惨世界》）读到这句话时，我就想到了我家的那头死难的母猪和我父亲的狠毒、母亲的伤心。

那些天一晃而过。我们很快就考虑着是否再弄头母猪来养。我们很快将死者全然忘却了。

现在我想，它，那头猝死的母猪，如果能够像已故作家王小波先生笔下的"一只特立独行的猪"那样，放荡不羁，放浪形骸，是否会是另一种结果呢？那么它在那次愤怒的逃离后就会在荒郊野外流浪，最终自由地死去吧。可惜它被派定的是母者的角色，是奉献、牺牲的职责，它别无选择。我甚至想，母猪这种无语的卑贱者、默默的牺牲者，不仅是猪之母，也是世上母者的一个典型！我希望我家的那头母猪邈远的灵魂能够听到我说的这些话。

童趣一幕

村医疗室有几个闲汉正在下棋。这是一个阴郁而潮湿的下午,马路上响着沙沙的冷雨声。下棋的与看棋的照例皆露着那种既严肃又戏谑、既愤怒又快乐的异样神情,而不时争得面红耳赤几至反目怒骂,又不时静得鸦雀无声,这样的气氛似乎独乡野棋场特有。

医生是个五十出头的瘦高个老头,他在零星到来的病人与下棋的人之间两不误地照应着,调侃着,显出那种又殷勤又幽默的很讨人喜欢的样儿。

忽然,门口发出了一个女人响亮悦耳的声音。隔着绵密的雨帘,医生看见一把黄帆布伞的顶尖戳了进来,一会儿踅进一个胖胖的女人,约有30岁的样子。她的怀里搂着一个约两岁多的男孩,而衣裳的后摆被另一个约5岁的男孩牵扯着。三人除了那个最小的外,都被雨斜洒得湿透了衣服。这女人给人的第一个印象就是开朗、乐观。医生想起,她又是抱她的小儿子来打针了,而那个5岁的家伙,准又是强行跟来的。

医生去准备针器。女人搂着小男孩直哄,一面又不时地制止大男孩想翻医生东西的企图。

大男孩被制止得无望了,就转过来逗弟弟:"哟,又要打针了,疼死了,疼死了!"小男孩终于哇地哭了起来,并且直叫嚷:"我不打针哩!我不打针哩!"

女人大怒,一边死劲地搂着小男孩,一边用十分凶狠的眼神瞪他的哥哥。医生不慌不忙地走过来,只三言两语,就将小男孩哄得一声不吱。

医生熟练地将针扎进小男孩的嫩屁股,小男孩就像通了电似的马上又哇地大哭起来,然而由于被他娘搂得铁紧,犟也犟不动,憋得满脸赤红。

那女人直唤:"我伢不哭,我伢乖,过会儿妈买巧克力给我伢吃,不给哥哥吃!"

这当儿,针已抽出,小男孩疼痛顿止,就像断了电似的,哭叫声戛然而止,只是两眼还盈着泪。

大男孩冲着小男孩说:"哟,好哭鬼啊,好哭鬼!"女人一指头向他的前额点去,又对怀中的小男孩说:"我伢不哭!我伢本来就没哭,是笑!"接着冲着大男孩直喊:"弟弟哭了么?弟弟是笑!弟弟是笑!你这个坏蛋,待会妈妈买许多糖,一点都不给你!"

大男孩不服气地高叫:"不!弟弟是哭,是哭!妈妈连哭和笑都分不清!"

又叫:"我也要吃糖!妈妈不给我糖,我就抢弟弟的糖!"

一屋子的人皆哄堂大笑,下棋的举棋不落,看棋的亦心不在焉。那女人怀中的小男孩不知发生了什么事,大睁着眼东张西望,及至看到的是一张张扭歪的笑脸,也乐了,嘻嘻笑了起来。一种稚嫩而清脆得可怜的童音像春阳一样迅即感染了所有的人。

母子三人又撑着那把黄帆布伞去了,直到去得无影无踪,医生才转过身来,讨论着先头谁的一着棋臭得可气,谁不应该犹犹疑疑举棋不定犯了想赢棋的大忌。

一碗元宵的秘密

12岁那年的春节,下了一场持续四天的雪。雪停了,我家的春节也跟着结束了。按理说元宵节前,都还是过年,我家的年怎么只过到初四呢?因为年食吃完了。所有的年食,包括5斤猪肉、8条鲢鱼、1斤红枣、3斤芝麻糖、5斤米糖、2条方片糕、4块酥糖、1洋铁瓶炒花生、1罐炒蚕豆、1罐炒玉米,都在四天内,被我们四个家伙锲而不舍孜孜不倦地吃尽搬空干光了,剩下的就只有米饭和青菜,而米饭和青菜我们认为不是年食。

这个结果直让父母干瞪眼。我听到母亲嘀咕了一句:都是饿鬼投胎好吃不留种的货色!而父亲则宣布:年提前过完了,该收嘴了!

其实村里绝大多数人家的状况都跟我家差不多,也都提前过完了年。好歹米饭青菜萝卜还是有得吃的,因此我们还是很有劲地在雪后的同马大堤上乱蹦乱跳。不过,在玩耍胡闹的过程中,我们有切肤之感,肚子里前几天大快朵颐积攒起来的油水都耗尽了,食欲又蹭地一下像油锅里浇了一瓢水一样炸了起来。于是一个日子就成了我们的强烈念想,那就是过几天就要到来的元宵节——有元宵吃啊。

元宵节还有十来天,我的弟弟妹妹和那一群又一群的孩子一样,只晓得那么干盼干等,而我决不。我有一个去处,我不想告诉他们,那就是外婆家,那里无疑会有意外的惊喜与我邂逅。

馋却知羞,这是我的特点。去外婆家只有一里路,我一天可以跑八趟,但我只好意思去两趟,而两趟中只有一趟能如愿。头一趟我躲在外婆家门前的柴堆后,探头探脑的,这样就很容易被出来喂猪食的外婆看见,然后被她喊进屋,自然是肉和鱼也吃到,糖和糕也吃到。走时外婆还要塞点什么到我荷包里。第二趟一般是夜里。我站在柴堆旁边,望着灯光亮堂的外婆家,心里咬啮得厉害,就是不敢进。我多么希望外婆或外公或几个舅还有姨还有那几个吃得滋润的表弟有谁出来发现我,哪怕是有外婆的邻居发现我然后朝外婆家喊一声"你家大外孙在外面"也好,可是这样的情况从来没有出现过,因此这第二趟我总是快快而回。

说到这里,必须交代一下我外婆家为什么这么"富"。原因很简单,我大舅是大队会计,村官,而我外公更是直接拿工资的,他是县航运站造船厂打船的木工。

元宵节很快到来,让我们懊恼和大失所望的是,我家没有做元宵。母亲说,家里没有糯米,做不成元宵。还说什么"不吃元宵也饿不死"。快到中午的时候,只见外婆端着一个陶钵走了进来。她把东西放到桌上,只说了声还热乎着呢,就走了——正是元宵。我们四个每人吃了 12 个,一个也没给父母剩。

走了没有半会,外婆又来了,手上提的还是元宵,用毛巾包得严严实实。外婆说,舅们姨们都不知忙什么去了,几个表弟太小,这一碗元宵就只有让大外孙送到船厂去给外公吃。

从我家到船厂约有四里路,我拎着外婆交给我的元宵出发了。路是同马大堤堤顶,往西走,到华阳闸左拐弯后,再走一段路就能望到船厂。走着走着,我明显听到肚子里响了一下,一种欲望像太阳从东边起山一样不可阻挡地从我的食欲的海里升起。我蹲下来，解开毛巾，露出一只蓝边碗，碗里是满满当当，一个紧粘着一个的白白晶晶的元宵，还冒着热气。四下看看，不见一个人影，只有华阳闸下的急流在喧哗。吃，还是不吃？两个声音在心里激烈地交战。"炮火"把我轰得面目全非，吃的声音大获全胜。我以最快的速度吃掉了碗里的一半元宵，连饱嗝都没打一个。将碗里剩下的一半元宵用毛巾照样包好。

拐个弯就是船厂了，不料食欲又不可遏制地膨胀开。一不做，二不休，我又蹲下身，解开毛巾，再次让碗露出来，抓起元宵狼吞虎咽起来。直到碗里只剩两个了，我才猛然打住，心里第一次升起一种叫惶恐的东西，同时父亲的一只大巴掌在眼前晃动不止。茫然无措中，我将里面只有两个元宵的碗仍用毛巾胡乱包好，丢到了华阳河里。正午的阳光打在河面上，打在积雪的路肩上，分外刺眼。

我空着手踢踢踏踏往船厂走。我长久地坐在船厂围墙外的一块水泥墩上，不敢去见外公，也不愿离开。

天快黑时，外公下班出来，一抬眼就看到了我，问我为什么在这里，我说我是到这块来玩的。他先是一愣，很快就露出憨厚的笑容，将一只粗糙有力的手伸向我，摸了摸我的头，说，走，天黑了，跟我一起回家。

走到村口，正碰到外婆不知做什么事刚从外面回来。黑暗中，外公外婆并排走在前，我缩到后面。

老两口在说话，我竖起耳朵——

外婆问："今年的元宵芝麻放少了点，还好吃吧？"

外公一点都不迟疑地答："好吃好吃。"

"毛巾和碗呢？"外婆问。

"碗我不小心碰碎了，毛巾我留在厂里用，原来的那条破得没法用了。"外公答。

最后听到的是外婆的一声"哦"。

汛期的惊慌

说一段那年汛期的经历吧。

没日没夜的雨已连续不断地下了八天，天空依然乌云低垂，给人一种"黑云压城城欲摧"的沉重感觉，果然在夜里又一场倾盆大雨伴着电闪雷鸣宣泄而下。就在这天夜里传来消息，说华阳闸江水水位已达到18.67米，堤怕是保不住了。人们奔走相告，议论纷纷，使多日紧张的气氛又陡增了几分惊慌的色彩。

这是1983年7月中旬的某个非同寻常的夜晚。父亲上江堤已多日不在家，母亲终于在深夜12点的时候打定了主意，明日搬家，尽要紧的搬，即搬家里就要下崽的那头老母猪和我的一柜书，地方嘛，搬到后山太慈她的干娘家。

第二天清早，我拉着一辆平板车出发了，老母猪和书柜被牢牢地捆在板车上。弟妹都小，我执意不让他们帮我，我心里的想法是万一这天圩破了他们跟父母在一块总要好些，后来在路上才想到万一真破圩了，他们随我到了后山才是真安全。望华（江阳）公路上搬家的人流、车流简直是挤得水泄不通,大家挤挤挨挨、磕磕碰碰、慢慢悠悠、义无反顾地前行,目标只有一个:把东西运到后山各个乡镇的亲朋家。到了中午,我才走到县城,15里路竟然走了3个小时。过县城时,搬家的队伍更庞大,还挤了许多往回走的空车和人,熟人之间打着招呼,这些往回走的人是一脸轻松,让我们又羡慕又发急。要命的是往太慈方向的路有100米被内河水淹没,形成了好一片水泊。幸有两条木船在来回摆渡,渡一辆板车需5块钱,但因只有一块跳板,板车拉不上去,这下可把我急坏了。这时有两个家伙凑上来:"20块钱我们把你的板车抬上去!"我心里一阵愤怒:老子板车连同母猪和书柜总共不过500斤,你抬2米路就赚20块,也太黑了。但望望天色,我妥协了,只好掏出20块也就是我在纺织厂上半个月班的工资,又交给摆渡的5块,我和我的板车总算上了船。不曾想在彼岸又遭一劫,板车也只能抬下去,但这回只让人赚去10元。

  我母亲的那位太慈干娘来过我家几次,我当然认得她,但她的家我从没去过,等走了20里丘陵坡坎路到了太慈街时,天也快近黄昏,人也精疲力竭,而雨又下大了,我站在街上,举目四望,不知该往哪个方向拐,问路却又不知具体的村名,只知道叫什么余家大屋,问了好几个人都不知,便也懒得问了。那两年,我有个习惯,遇事不决时就掏出5分钱来决断,这一次更不例外,结果是镍币正面朝上,于是选择了东边的一条路走去。但我却是越走越茫然,越走越懊恼,越走越饥饿,天就要黑了,路也坎坷得更厉害了,而真正的目标……我干脆一屁股坐在地上不动弹。真是天无绝人之路,就在我感到绝望时,在我后面走来一个扛着铁锹的小伙子,年纪和我差不多。我立刻兴奋地站了起来,问他余家大屋怎么走,他看了看我,又看了看板车上面哼哼唧唧半死半活怀了崽的母猪和蒙了塑料纸的书柜。"我就是余家大屋的,你从哪来,到哪家去?"当我告知我从华阳来,到余家大屋我母亲的干娘家去,他的眼睛一亮:"走,我带你去!"他帮我拉着板车,走了大约半里路,竟将我径

083

直带到一户人家的门口。原来他就是我母亲干娘的孙子余绵节。进了门，我整个人一下瘫了。

  第二天早上，尽管他们全家再三挽留我多住一晚，我还是坚决地走了，他们不知道我的心早就飞回了华阳，飞在了父母弟妹的身上。我空板车一身轻，等到过县城时，就听到车流人流中传出了可怕的消息："华阳忠王庙圩破了！"我先是半信半疑，马上就选择了坚信，因为我想到了1954年的溃口就在华阳中王庙那段江堤往东400米处，那时叫夏家新屋，又叫十八家，随着大堤的溃破，那个首当其冲的村子瞬间荡然无存，村名也被时间慢慢遗忘。我蹲在公路上，想到父亲、母亲、两个弟弟和一个妹妹不知道怎样了，全身冷汗直流。我和大家一样，思维和感情在那样的氛围中已变得极其简单极其脆弱，自然是倾向于别人所说。我咬了咬牙，直起腰来，然后双手往后捏紧板车把，便狂走起来，尽管我的右大腿三年前严重骨折过，但却没有影响我疾走如飞，我要以最快的速度赶到我那个叫老街的村庄，赶到我那个虽然清贫但却极为温暖极为温馨的家。但是跑着跑着，我却不是层层加码的疲累，反而是层层心理减负后的轻松，因为我想到，如果是破了圩的话，我应该是迎着越来越多越来越大的水行进，可是道路畅通，四野除了天上间或飘下些雨水，并未见那破堤而来的江水的身影。直到奔回了家，终于确认了是一场百分之百的虚惊，顿时，我心中的那个舒坦劲，就好像是刚拣了个宝一样。

  我吃了点东西，就去了忠王庙那段江堤。虽然江宽水阔，白浪涛涛，但江堤巍巍，坚如磐石，防汛的民工正在堤上来回巡视，还有一些老人和小孩，或坐在小马扎上聊天，或打闹嬉戏，完全是一派严肃又轻松的气氛嘛！

第三辑　秋日的私语

民歌手

我想和你说说民歌手：民歌手的本色，就在于他以流传久远而又常唱常新的旋律替代了一切。

数不清的民歌手，一部《诗经》，一部《乐府》，那么多民歌，该有多少我们已不知姓名的民歌手……

而本来就无名的数不清的民歌手如天上的繁星。

不知何故，在我的印象中，民歌手只有两种乐器：一鼓一棒。也不知怎的，我总是把说鼓书的均归于民歌手中，且把他们当成民歌手中的佼佼者。

民歌手，他们的爱爱恨恨、辛酸苦辣，他们的体悟、思索和期望，一并被他们融入到了博大如昊空、纯粹如土地的弹唱之中。

民歌手浪迹于民间。在我们这些芸芸众生之中，有些人你别看他多么貌不惊人、生活凄惶，其实这些人就是民歌手，高山流水与野田落日是他们深远的背景和取之不竭的源泉。

在我偏僻，虽清贫却古朴的乡村，有一条青草覆面的弯曲小道，它通向外面的广阔世界。多少次，我望着这条小道，期望能突然出现一个身影——民歌手曾是我的童年唯一和全部的期待。

民歌手终于来了，风尘仆仆，笑容盈面，我和我的伙伴们迎上去，像迎接自己多年未见的一个亲人。而后他就被村人围在队屋里，开始了他的又一次歌唱。而人群中，我那小小而又极沉的满足感，是多么的美妙！

不必面对民歌手，我也知道他什么时候泪流满面。这就是一种说不明白的深处的东西。情到深处不孤独。

总是在经历了春夏秋的播与收后，民歌手顶着北风，踩着白雪，踏过一块又一块田畈，穿过一座又一座村庄，给人们带来了大片大片的愉悦、闲适和温暖。他们既永远朝前又不断停顿，他们是流动的绕梁不绝的音符。

今天，真正的民歌手已为数不多了，但应相信他们都是非常优秀者。

贫困的日子，富足的日子，压抑的时候，得意的时候，都请倾听民歌手的歌唱，因为，只要打开堵塞的耳朵和尘封的心扉，就会领悟到一种遥远而切近、熟稔又陌生的天籁之声。

五月之晨

被生活和工作不断规范的我，总是"按部就班"地打发着光阴，一些原本是极熟悉极普通的事物，由于司空见惯或视而不见，其本义往往被我忽略。这很危险。危险在于我正从生活的本真状态中偏离出来，置身于波浪的随逐中而不自觉；尽管我仍在某个位置上照常工作和一日三餐，但缺少发现，没有激动，丧失了引发和催生自励精神的情绪。

其实也简单，当我选择一个久违了的五月之晨时，我就重新发现了一片曾经拥有过的生机，并将它们撷取。我喜欢原生态，而光的从无到有，从淡到强复归于无，就是最本质的最易触的原生态。早晨的光，是以加法来增加产量、以乘法来达到质量的；当然，过了中午，我就看到了减法和除法的功效。这是一个常数，也是一切有机物的共同命运和背景，我无法逃离，甚至无法为自己做到"位移"，也无须努力。我的意义是要抓住"此在"和"当下"，把"宿命"变成"使命"。

就具象来讲，早晨是一株刚刚从泥土里探出头来的植物，前景不可限量而又被限在一定的时段。早晨的破晓正如植物的破土，我只能感知而不能确知，或者说只看到结果而看不到过程。瞧，黑暗，连同充斥于黑暗的听不见的声音，渐渐地，不，是突然地止住和消失了。于是，光出现了。破晓的过程是一位母亲分娩的过程，之后，震荡她耳膜的是一种不知所云而无限向上的声音。早晨，自己被自己感动了。

但早晨绝不是形而上的。在这个破晓后的早晨，我正站在某个高处目视着"人间烟火"的闪亮登场。朝露在微光中清晰可辨，树林和远方的山峦还原出深翠色。一串串自行车的铃铛声一路奔来，有一部分奔往菜市场，有一部分奔往工厂，还有一部分奔往更远的地方，而处在多种方向之中。光强了些，空气似也显出薄薄的波动的状态。习惯在野外早读的学生来了，他们的出现有些突如其来，好像是从树林和草丛中飞出来的，好像是从房子里弹出来的，好像从天际由光射过来的，好像是在夜的黑幕掀开后就地露出来的。启明星还为此愣了愣，陷在"搞不清"中，但时间不允许它迟疑，便就地消遁了，在它待的位置上，出现了一大块白白的幼嫩的云。

通向塘沿的是一条两边长满了灌木的小道，间或杂着一两棵小杨树，总共有五六只麻雀在跳跃，鸣叫不止，一会儿落在这棵树上或另一棵树上，一会儿在灌木丛中隐而复现。突然，一群麻鸭从小路上出现了，速度由慢渐快，后来干脆是跑着奔向方塘。后面的那名少年俨然是一位将军，站在塘沿仍在向他的"士兵"比比画画。排在塘沿一大溜，正用棒槌此起彼伏捶洗衣服的少妇、少女不乐意了，但也只不过是一会儿，便照常浣衣和相互说话了，这说话声犹如鸟鸣般热闹好听。

早晨在推进，在增加它的成色；婴儿在成长，在扩大他的影响。太阳出来了，这个圆圆的通红的物体以怪模样的形态出现，因为它还没让人弄清是怎么回事，便在轻轻地拱脱一块企图抵挡它的云后，恬不知耻地出来了。在刚才启明星位置上待着的那片云，被羞得通红，并旋即老化。

这柔和的、轻佻的、矜持的、向上又向下的晨曦就此洒落下来，同绿草相碰，同绿草上的晶莹的露珠相碰，同塘中的绿水相碰，这些白绿交融的参差而整洁的形态，强调了液体的伟大和不可超脱性，使我躲在镜片后的眼睛无法将它回避，使我的心在弥漫了物质的污垢和精神的尘埃后由衷地吃惊。

我是在最初之时，即所谓的破晓时分，睡眼惺忪、头脑昏涨地加入室外世界。早晨的凉意很怡人，但我开始时却抵挡不住睡神的一再召唤，这惯性和惰性使我想转回去继续躺下睡觉。幸好太阳的最初之光即挽住了我的胳膊，使我拒绝了应该拒绝的，进入了应该进入的。光的力量显然大于睡神。

这一段久违的由五月所代表的初夏晨光，让我感到惭愧，也让我若有所获，同时若有所失。对一次平常事物的加入，其意味有可能深于对某件大事的参与。

秋日的私语

  风落在草尖上又蹦跳而去,斜阳罩住五谷的流馨,田野异常空落与悠远,杂树朦胧连片地将村庄环绕。
  树下,有一极俊的少妇在汲水,动作匆忙而安详,一如她的丰满又苗条。落下的叶子,半枯黄的、椭圆状的,散漫地躺在井台上,有几片被少妇无意踩着,有几片则好似被刚汲上来的凉水洒湿,泛出清幽的亮光。
  鸟是有的,但为数不甚多,在树枝间它们颇为自信地弹唱着。黄昏这即逝的好时光,鸟们多么珍惜,因而,当看到少妇汲水那司空见惯的姿态时,它们便深深地感动了。
  不经意间,又一个女人向井台这边走来。这是一个少女,她身材窈窕而丰满,她那衣着野花般平常——在乡间到处都能看到这样的少女。现在她便加入到鸟儿的眼中并更为明晰了。
  夕阳像黄金一样撒过来,并发出只有鸟儿才能听得出来的极轻微的运动声。
  仿佛是猛然地,鸟儿们的啁啾集中地嘹亮了起来,而其实也难以高过树叶加紧的沙沙鸣响——也只有鸟儿的声音与树叶的声音在这光景最相匹敌或曰般配。

在声音的极短间隙，一片片叶子纷披而下。

它们——这些鸟儿与树叶——交谈些什么？

两个女人，一个刚来，一个准备走，好像是一致地望了望天空，但肯定是下意识的。

只有立在一株梧桐下的我自语了一声：这是大自然的秘密吧！

日头落尽了，风声又疾了些。在广漠的天空下，少妇、少女以及我，均形同局外的什么。

村庄之声

  十二月，皖西南长江北岸的冲积平原上，总有几天，乍冷还暖，即使是在早晨，也悠荡着秋末时的气息。天上好像只有一层淡淡而透明的白色云气，像是蒙着薄纱，也不知道鸟儿喜不喜欢这样的背景，而人却是一见了便觉得心空的没了一丝儿纤尘。西南方的天际现出的则是皎洁的并非云霞的光，而冬天，早晨九点的太阳正升到四五丈高的地方，十分炫目，人不能直望，手搭凉棚望去，也被刺得眼花缭乱。阳光碰到树梢上，那所剩无几的褐黄的叶子闪着与阳光抗衡的光，傲然地承受着阳光的戏弄同时也戏弄着阳光。风很轻，好似无，因而炊烟几乎垂成直线缓慢上升，升到很高时才懒懒散去，一部分散到树梢间，树梢纹丝不动，一副风景这边独好的矜持模样。

  早晨的后半晌在江堤上看到的就是这些。随后，高高的大堤上零星地走过来又走过去一些男男女女，大家都很忙，我在其中就显得很闲。不过远远看到堤脚有几只羊、几只猪还有几只鸡在散步，当然它们散步的姿态与我大不相同，即使它们之间因物种的类别，风格相异，但有一点却是一致的，即共同显示着寻寻觅觅翻翻捡捡的流利动作。

我开始听到有一种密集而散淡的声音从堤下的村庄里传来了。这种从村庄内部发出的声音给我的第一感觉，好像它是矫揉造作抑或有意安排的。但我很快发现，那是一种人群中、动物中自然形成的声音，有意与无意相交的产物，只有村庄那种地方才能发出来的古朴的尘俗之声。其间有麻雀的叽叽喳喳，母猪的哼哼呀呀，雄鸡的喔喔和母鸡的咯咯。有孩子之间的打闹和哭叫，男人或女人哄训孩子的呵斥和温存，甚至有谈情说爱的悄悄语，有吵架的怒骂，当然还有聚在屋檐下晒太阳的老人的闲扯。总之，喧哗、哭泣、唱歌、咳嗽、喘息、叹息以及塘沿女人洗衣服的捶拍，或轻或重，荡漾开来，与猪羊牛马鸡狗及鸟雀发出的声音碰撞、缠结在一起，形成了合奏。应该说这样的杂合、混沌之声会使我烦躁生厌的，但由于空间的过滤，它们挣脱了相互间的纠缠，各个脱颖而出，出污泥而不染，分道扬镳，沿着不同的轨道，向我所在的高处汇来，因而在我听来，它们便是那样的井然有序，毫不嘈杂，像是浑然天成的交响曲在天地之间流淌。它，这民间的最世俗之声，每日最终将归于何处？是随着大河的波浪一去不复返还是通过雨雪返回到村庄泥土的深处？

就在我感念音乐的时候，就真有这种刻意而为的声音似从万马群中只身逸出，迤逦而来。它先是隐隐约约、飘飘忽忽、摇摇曳曳，很快就一清二楚地像一棵树似的栽到我面前来；这棵树一枝独秀，技压群芳！这是谁家的录音机或VCD打开了，放出了好听的古曲《春江花月夜》呢？眼下是冬季，应是木落山空、草枯地阔的景象，但在这南方之北、北方之南的皖江边，菊仍金黄，草尚披伏，田园上也因遍布着越冬作物油菜而显得生机勃勃，因而跟此曲的背景是相宜的，何况晴朗的夜空肯定还有一轮明亮的江月将要升起呢。一种时光倒流和千年汇于一日、天人合于一统的感受令伫立于高高江堤上的我如痴如醉。

十点钟，我的感觉就有些迟钝了。冬天，太阳默默忙乎了好一阵，已经攀得老高，大地上热量又提高了一层，使冬天更不像冬天，甚至有一忽儿竟显得颇似三春。这时农人都下地去了，村子里便颇有些静谧。只有少许的鸡鸣狗叫和鸟啼单调而又热闹地喧哗着，当然一些学龄前的孩子的闹声也仍在零星地坚持着，将坚持到晚上，并试图坚持到第二天早晨，与再次大作的村庄之声相衔接。

棉与稻进行曲

秋天最鲜活因而也最醒目的作物，我认为是棉花，也只能是棉花。

棉花的生长和收获横跨三个季节，它们的行进速度有时慢得好像要走三个世纪，这要经历多少次的忧患和奋争，多少回的苦难和解救。棉花在夏天的炎热中受总动员令的驱使，向天空向太阳发出了最后的挑战，它们的头颅和身躯一下子伸到了一生中应达到的高度，并在绿色的身体里贮满了白色的思维，整装待发。

棉花的颜色通常由三种组成：绿色，这是大众色，棉花也不例外，有些例外的是绿色纷披在身上的时间达两个半季节，剩下的半个季节也还处在坚守的状态。而在这后半个季节的前半段时间里，棉花亢奋着，白色悄然、勃然地开放，但绿色仍不愿退缩，只在某一个晚上的一阵有些意外的暖风过后不是依然坚持而是几乎全部凋零，同时大朵的温暖的棉花在无叶的枝上做最后的怒放。其次是红色，这是棉花的妩媚的青春展示，是受孕的昭告。这喇叭形状的红花严格来说才是一般意义上的植物的花，而并非那果实的花；花朵、花期、花粉、蜜蜂、蝴蝶、蜻蜓，组成了开花过程。随后就是由红花过渡来的白色花，亦是一种并非果实的花朵，它与先期的红色次第搭配成棉花形成纤维之前的亮点。如此说来，棉花这种作物仅就花色和花之形态就够复杂了。

最后当然就是纯粹的白色，白色的花朵了。但花非花，而是红色或白色花朵凝成的桃里吐出的棉之花，是衣服，是被褥，是绷带，是纺机上的纱锭，是织机上的经纬，是温暖，是国计民生的三纲之一，是工厂，是进出口。这是一种怎样的花朵，这是一种怎样的白色，这是一种怎样的温暖，大地上除此之外还有这样的花朵这样的白色吗？有时候我就想，如果世界上真有奇迹，棉花就是一个，而且这一奇迹并非仅只存在于人世间，那七个仙女下凡来，只在想到了棉花，触摸到了棉花后，她们才变得踏实，才显得可爱而真切。还应该提到种棉花的人，这些乡下人，这些每年用二百多个日日夜夜陪棉花聊天、埋怨坏天气并为棉花开路的戴草帽和头巾的男男女女，他们是棉花的亲戚和朋友，他们是白色的创造者兼奉献者，但他们的皮肤的颜色却是黧色而非白色的，他们也是秋天的主要颜色之一，只是因为我们只注意到棉花，他们的颜色往往被忽略了。这些种棉花的人多次用特定的姿势告诉我说：棉花，茎秆长起来了，并确定了高度，然后稳在那儿一段时间，某日，几乎是不易察觉地吐絮如兰，是从最下面的茎秆部位开始的，渐次而上……这些种棉花的人还告诉我，棉花的开花过程也即是剥桃过程。桃子，这是棉花身上又一个复杂的名词，它的形状确实如桃，但它却不是那树上的水做的果实，它犹如一颗包孕生命的胎盘，即将呈放成熟之果。一般植物主要程序无非是：开花——结果；而棉花则是：开花（红色和白色花片）——结果（桃形、薄绿壳、纤维结晶）——开花（纤维展放）。我忽然想，棉花的最后开花本来可以一次性到位，为什么还要停留在果壳里，难道所有的事物在存在之前就已经存在，待在果壳里，只为待时而成就一种仪式？

如果说秋天的白是大地，秋天的黄则就是天空了。秋天的黄几乎无处不在，它最终掩盖了别的颜色。秋天的黄在多种事物上呈现，显得简洁而统一，落实在水稻上——

> 当我张开口，一粒米进入我的身体／一粒金黄色的，洁白如玉的米／一粒在水深火热之中，不屈不挠的米／深入我的骨头　／／　苦难与普通，使我无法分清／一粒米与另一粒米的区别／一如乡谣与民歌　／／　一粒米，凝缩一个人的一生　／／　草帽下艰辛而执着的呼唤／被一粒米贯彻／淋漓尽致／苦难而辉煌　／／　一粒米／轻轻而匋实／当我合上嘴时，它便消失／或露出本义（《一粒米》）

这首歌谣，几年前我写出它的时候，是感到过一种劳累后歇息的轻快的。现在我想起水稻时它便闪身而出，使我接下来的措辞变得郑重。我看见两股水稻在天空下行进，一股从春天抵达盛夏后，解散，消失，变成身体里的热能；一股从盛夏出发，来到秋天，我的面前，等待我们的最后安排。水稻由此接力而赛，几乎整年在湿地上滞涩而阔步地奔跑，却像树一样不离开我们的视野，而冬天只不过是它们两股汇合后的休整期。因而，秋天的水稻像闭幕式上领受奖牌的得主，荣誉感、使命感集于一身。水稻的奖牌金黄璀璨，一如它的根须、茎秆、枝叶和穗。诗人们都激情地说"金黄的麦子"，其实麦子的色调远不及水稻，周身的色泽都比水稻淡得多，穗粒几近于土色，而水稻的穗粒才是真正的黄，金黄，浓郁，鲜活，且布满了细微的皱纹，大智若愚。水稻的躯体——茎秆、枝叶，是我们这里平常所称的"黄草"，这黄草是冬季到次年坡上的青草长出前水牛的主食。我一直坚持这样的印象或想象：稻草，从它脱掉穗粒变成"黄草"开始，到它进入牛的消化系统为止，全过程它的黄是一以贯之的，而这之中的一些环节，如被集中堆在露天下经霜历雨时，被牛从消化道排出后以圆饼状贴到土砖壁上时，都不轻改其黄。因而我只能认为，稻草的黄不是式微后的枯黄之黄，而是其一生的本色使然。水稻集体走向归宿后，密集而中规中矩的茬坚挺在低地上，在阳光下依然闪烁着由水汽氤氲烘托出的耀眼的黄晕。最后，水稻的果实——壳、壳中的米，层次分明，呈现出事物本质上的决绝性；壳在与米分道扬镳后，成了粉状物，那是黄灿灿的糠。

  诗坛上麦子的诗篇层出不穷，而有关水稻的却甚为薄弱，我以为乃是因为话语权掌握的问题。而水稻，金黄的、洁白如玉的水稻，只永远在天空下服从节气的召唤和种稻人殷勤的守望，只永远在低地上默默而热烈地生长，并乐于做麦子的好兄弟。

太阳直射棉花田

七月，太阳直射棉花田。有一天我帮二弟在自家的地里打棉花药。天气说不出的热，太阳好像发了疯，对着什么都是不停地猛烈开火。

打药的讲究就是须得在烈日当空时进行，越热越好，虫容易治死，所以打药是件最苦的事。那天中午，我们来到了棉花地头，太阳正处在白热化阶段，我心里直发毛直诅咒，而二弟已在棉地中长驱直入了。二弟背机喷药，我负责供水。本来打药是用不着专人供水的，只是田地附近的水沟已全部干涸了，须到3里外的塘里去挑，一个人又喷药又搞水实在忙不过来，这种情况下，我才被父亲从厂里拽回来帮二弟的忙。到了四不着边的地里，是没有退却余地的，只有咬紧牙关干，早干完早收工。

我每次摇摇摆摆地挑来一担水，就有一次很大的喘息和流汗，幸好我的间歇时间比较长，而二弟背着药机比我惨多了，歇是没有时间的，他身上的厚军褂已被汗一块块湿得贴在肉上。我实在抗不住时，就往沟旁的棉禾底下钻，然而逃过了阳光的照射，也还是热个不停，真是越躲越热，越怨越热，越想越热。我索性跑出来，回到水桶边，老老实实地扶正草帽，待在田埂上，与太阳对抗。

太阳是我们的老对头、老朋友，有时候是前者，有时候是后者，现在呢……我想我应该抬起头来仔细地瞧一瞧。于是我勇敢地把头抬起，但马上就像触了电似的低了下来。我看见的是一个圆圆的、熔化了的、光色十分强烈的怪物喷着热气。大地上小草耷拉着，大片的棉禾无精打采，像整团整师站着挨长官训斥的士兵。棉禾开着白色或红色的花，不少的枝上已结下了绿桃，这些花，这些桃，以及这大片大片绿禾，一律憋住了声息，进入了忍耐状态，连虫子例如蟋蟀的声音也听不到一声。而远处村子的上空升起了没有风推动的炊烟，进一步勾画出乡间中午人困马乏的疲沓和无奈的景象。

偶尔，使我又畅快又吃惊的，是不知从何处忽地吹来一阵风，抬头看太阳，原来它正被一块厚厚的云遮住，地上出现了阴影。可惜这是转瞬即逝的。但却给了我对抗太阳的信心。

太阳直射棉花田，谁有办法抗拒？忽然，我看见离我约30米远的地埂上立着一个灰白色的活物。啊，是只小野兔！它竟然没有躲在洞里乘凉，竟然无视太阳的火力，没有受谁驱使地跑出来对抗太阳！我不禁怔住了。在那一小块草皮上，它那样站着不动，看不出是畏惧，还是愤怒——因为大概它没有料到这正中午还会碰到我这么一个讨厌的家伙。但是有一点可以肯定，即它正在急遽地考虑着是进还是退。而我也因猝不及防不知如何是好——在这个时辰我实在没有力气扰乱任何小生命既定的生活习性。我们就这样说不上是敌视还是漠视地对峙了约2分钟。在这短促的2分钟里我发现它的毛色白得发亮，但不是阳光作用的；它的耳朵支张得很突出，好像那就是它的两面战旗；它虽然摆着明显的一触即发的姿势，神态却透着从骨子里悠出来的安详，毕竟这是在田野上，它了解泥土热爱泥土依赖泥土绝对甚于我们人类。它的耐性大大超过了我，迫使我打破了僵局。我蹲行着慢慢向它靠拢，离它近了，只有15米，再近了，只有12米，这时我发现它将头扭向了一边又转回来，我敢肯定这并非为了确定一个逃跑的方向，而是一种对我的意图的藐视，就像一个人对另一个人把脸转过去是为了表示藐视一样。在这个大热天中午的田野上，一只兔子就这样对我这个万物灵长的人显示了它的近乎高贵的气质和无畏的气概，我心中不由得对所有比我们小得多的生命生出了一种异样的震动！我离它只有5米了，我看清了它的眼睛，眼神好像对我说了句"够了"后就嗖地向侧面撞去，随即没入无际的棉禾中，那姿势近乎飞翔，潇洒得使我瞠目。

我说不上是怀着颓丧还是奋发的心情低头往回走，瞥见一只蜻蜓和我并排行进。我再次大感意外，本以为这酷热的中午，除了我们这些打药的人在地里忙碌再无活物了，却不料走了一个精神抖擞的小白兔，又出来一只更小也更轻盈的生命。这只红衣蜻蜓在我停下来时竟也停了下来，像一个飞碟似的悬浮着，少顷绕着我游弋，把空间当成了海，几个圆圈后轻巧地一舞而去。看着它那远去的倩影，我真想来一嗓子："喂，小东西，和我多待一会儿嘛！"这个小不点无手无脚仅凭两扇薄若蝉翼的小片片也能到达我能够到达的地方，并且能够到达我不能够到达的地方，特别是它本来可以待在有草丛的水边，以避开太阳的火力，却偏偏出来溜达，它是来藐视太阳还是耻笑我们人呢？

太阳直射棉花田，好在时间在难以忍耐之中慢慢推移着。我摘下草帽，硬着头皮向四野展望，茫茫一片之中，除了棉禾（人没在棉禾中）还是棉禾，此外便是弥漫在低空中的一层时隐时现的热气。穿着厚黄军裤的二弟还在精神抖擞地穿行于棉禾中，肯定无暇想我这类多念了几年书的人才有的闲心事，他显示的是庄稼汉一如既往的吃苦耐劳的韧性和负重中的沉静。

终于，太阳明显偏斜了，热力也弱了许多，还起了一点连贯的风。我晃着空桶去挑最后一担水，因为就要收工了，脚步变得很轻快。路上我突然想：太阳西下是它对人的怜悯，还是它抗不住人的韧劲？如果是后者，是否应该把那只小野兔和那只小不点蜻蜓的功劳也算上呢？

观止油菜花

腊月末的那一天，一个老把式的庄稼人在他的地里走来走去。他是在探望他的油菜，但他的神情却使我有些担心。他徘徊在垄沟上，那么的无精打采。我还看到有时候大概是脚步踏重了些，灰尘从他的脚下明显腾起。

冬天越来越不冷了，少雨无雪，油菜禾苗就像一群少不更事的天真孩童，在阳光下生长得欢快，毫不理会庄稼人的心思。像我看到的这个老农，他的眼中布满的只有即将出现的歉收的惨景。越冬作物不盖上一床被子起码也应洗回把透澡吧，但天公就是不作美，吝啬又慷慨得像一个狡猾的财主——那不合时节的阳光貌似慷慨实际比吝啬还歹毒。

终于，我看到这个来守望自己庄稼的人怀着满腔的失望走到了地头，他远远地再回望一眼，大概是注意到了大片的油菜有不少竟然抽了苔儿，超凡脱俗得不免使他有些心惊肉跳。他背着手，伛着腰，气哼哼地打我身边擦过，好像根本就没看见我的存在。我是个散步者，我到这儿来是把那绿油油的越冬作物当成风景欣赏的，那个老农的气哼哼影响到了我，我不禁也有些怏怏不乐,心中那即将到来的遍野金黄的幻像立时破灭。

我相信那个老农在当天夜里肯定又要做一场梦:先是漫天大雪纷飞,田野上积雪厚达一尺,所有的油菜、小麦、蚕豆禾都在这床厚被子下安详地睡着;接着是一场瓢泼大雨,不仅使庄稼得到畅饮,而且沟沟渠渠满得足够开春大量的浇灌……那个老农高兴得淌下了浊泪。

转眼就是三月中旬。一个春光明媚的日子,我来到江堤上散步,又看到了那个老农在他的田间穿行。这回他的步态一点也不犹豫。我知道原因,因为在隐隐隆隆的期盼中,除夕那天还真下了一场大雪,积雪虽无一尺厚,但庄稼人已是大喜过望,那些越冬作物也完全运过劲来,扎实地生长着,这就使得油菜地能够在眼下如期隆重地举行将持续一月有余的开花大典。那个老农有规则地穿行在菜地中,仿佛是个天遣的护花使者,江堤上的我,都感受到了他那朴素而神圣的好心情。

我伫立在江堤上,满目都是金黄的油菜。油菜这种作物是季节献给新年献给农民的第一份大礼。油菜地的那种广度和深度、油菜花的那种开放和呈现,简直纯粹得无与伦比。所有的禾儿都紧挨着,所有的花儿都紧凑着,但团结而不拥挤,纷呈而不零乱。那花儿极细碎,一小朵一小朵地组成一大朵,静静地缀在枝头,词典上谓之"总状花序"。每根枝上就那么一大朵花儿,而每棵禾儿也就只那么八九根枝子,但这就足以使每一棵禾儿繁盛起来。我不禁在想象中乱比喻一通:那花儿每一细碎的一朵就是一颗行星,由细碎的小朵儿组成的一大朵就是一颗恒星,整个一棵禾儿就是一个星系。更使我感叹的是,花儿的那种金黄色真可谓棵棵一致、片片一致、遍地一致,只要是开出了就绝无成色深浅的问题,而它的亮度,应该说那样大规模地集合成片,肯定会像太阳那样炫目得不可久视,但实际的情况是当你对着那数亩、数十亩、上百亩甚至更大面积的花儿的海洋放眼望去,即使是在阳光下,你的眼睛也毫无不适的感觉,甚至在阴雨天,你的眼睛对那一片花儿的海洋也毫无黯淡下去的感觉。

　　油菜花实在是这样一种花：它的色调单纯而不单薄，夺目而不刺眼，它的品性柔和而不软弱，坦荡而不媚俗；因之它就是造物主献给人间的一首广为传唱、至诚又至美、大俗又大雅的神曲。这样的神曲深入民间，成就了民歌；这样的民歌深入土地，成就了种田人千年不变的坚韧、向上而任劳任怨的品性。难怪就连当年高高在上的乾隆皇帝，也对油菜花高看一眼，赋诗夸赞道："黄萼裳裳绿叶稠，千村欣卜榨新油。爱他生计资民用，不是闲花野草流！"

　　我正陶醉在春天这金黄色的盛宴里，就见那个老农从油菜地里走出。我禁不住想要同他说些什么，譬如祝贺祝贺他，夸奖夸奖他。我向他迎去，但还没等我开口，他老远就伸出手喊开了，我听得十分悦耳："走，回家去，中午叫你妈吵几个菜，你陪我喝两盅！"是的，这个十多岁就耕耘犁耙样样精通的老农便是我饱经沧桑的老父亲。

　　这个春天的晌午，在江岸的一个高处，在一条僻静的乡间小道上，我从古老的土地上和我父亲黧黑的脸上读到了一种深情——金黄的激情！

草根山芋

某晚下班回家，因为疲劳不想吃饭，母亲说灶笼里煨着两个山芋，赶快自己掏来吃吧。顿然兴至，立刻想着那山芋的美味，但告诫自己好东西悠着吃、细细品才最出味。便舀了水洗了脸和脚，才从灶笼里小心地掏出那两个已烤得焦黄带黑的宝贝来。粉团团，甜滋滋，热腾腾，这两个山芋实在滋味无穷，想着再来两个才好。

我忽然非常惊愕起来，仿佛遇到一个过去的仇人忽地变成了相见恨晚的挚友一样。小时候吃山芋的情景便一幕幕地浮上心头。那时我们这些大大小小的伢子最恨的事莫过于餐餐要吃山芋。干饭锅边贴着削了皮的山芋片，盛在碗里搭着吃；稀饭里裹着山芋，夹着吃；甚至玉米糊糊里也掺着山芋，拌着吃。如此等等不一而足，可以说那时山芋是一个挥之不去的噩梦，使我们本该颇为欢乐的童年少年光彩失色不少。我总是生父母的气，怪母亲干吗老是把山芋当成宝贝强迫我们吃。母亲就气极地训斥："不吃就把碗撂下来！山芋有什么不好吃？不吃它又哪来许多大白米？吃惯了嘴懒惯了身的东西！"被母亲这样狠狠地骂了好些回，嘴上牢骚少了，心里的却多了。

　　印象里那时的雪天多，雪又大又厚，这光景乡村里炊烟陡减，为了节省粮食，家家都改一日吃三餐为早晚两餐甚至全天一餐。大人们说不下地不饿，可是伢子们都哼哼着要煮饭吃。有一次妈妈对我们宣布："今天只吃一餐，谁要是饿了，锅中已煮了山芋，去拿来吃！"我们委屈极了，一个个都不动，母亲便自己给我们各盛了一大碗带皮的熟山芋。我端着我那一碗跑到屋檐下，吃着吃着，将还有大半碗的山芋倒在雪地上，弟弟妹妹见状如法炮制，惹得两三头半大的猪在雪地上争食。那天我这个当哥哥的自然遭到父亲的一顿痛揍。

　　更让我们委屈的，是我家对门的伯英家常常吃纯大米饭，准确地说，他家也就伯英一个常吃，且以鱼为菜，他的一姐一妹及父母却不在此列的。无数回，伯英端着饭碗坐在自家门槛上吃，我也端着碗坐在自家门槛上。我看得清清楚楚，他的碗里总是白米饭，总是鱼，肥壮而小巧的鱼，可那家伙竟吃得不怎么津津有味。"他真是个'惯子'！"小伙伴们聚在一起愤愤道。但我们知道，他父亲是大队窑厂会计，他又是独子，是他父母的无上宝贝，这些条件我们没有，我们委屈和不服气没有屁用！

　　后来，随着农业生产力不断提高，大米的产量渐增，又因为土地剧减，粗粮种少了乃至不种，山芋之类的杂粮成了稀罕物，离我们越来越远了，以至竟成了美味之物。当然，在城镇的街头常能见到烤山芋，但那对我们生在农村的人来说是一种隐痛，所以一般不会去买它。今天我吃到的两个山芋还是后山的亲戚送的，他们那儿每年还坚持栽插少量的山芋之类杂粮，为此，我对他们那个比我们穷的山沟和人，生发了向往之心，这恐怕是"吃惯了鸡鸭鱼肉，想以山沟沟里的野瓜菜调调味"吧。

　　还想说说，那时对山芋的厌恶也并非绝对，对生山芋我就喜欢吃，特别是窖藏半冬的生山芋，其滋味有如苹果（那时苹果绝对是稀物），所

107

以我更喜欢。上小学四年级时,有一次学校"拉营"(那时学校常学部队),我带的干粮就是两只洗得红扑扑的大山芋。吃饭时老师、同学都坐在地上吃馒头之类的,唯我躲在一边吃生山芋。虽然老师发现后批评了我,但还是有两个"吃商品粮"的同学偷偷地要用馒头和我交换。可惜,一般情况下,父母是绝对不准我们吃"零嘴"的,说是浪费,一定要煮熟了放在"正餐"吃。因此,对生山芋的这点爱,便被对熟山芋巨大的恨挤兑得几近于无。

红红的,熟的软软,生的脆脆的山芋,有的地方叫甘薯、细苕、红薯、地瓜,都是有道理的。它的颜色和形状,实在可以比之于一颗心,它以博大的情怀无所不至地朴素地爱着我们,让我们最终羞愧、感激和不忘。它是草根,也是草民之根,我们身上的血液和精气神,有多少是由它培植的,土地清楚,我们的内心深处清楚,而它却无言。

今与昔,山芋给予我的两种滋味,其实只是一种——惠,它的内涵我尚无法说得很清楚。

白喜旧景

五月初,在油菜和小麦成熟的醉人气息里,村里的一位九十岁高龄的老人去世了。死者属高寿而终,所以村人都期待着看一幕空前热闹的出殡场面和参加一次盛大的丧宴。

出殡的时间是在早晨。六点钟左右,就感到外面很热闹,大家不约而同地奔出家门,汇到街沿边。只见由八人抬着的红漆的楠木棺材,稳稳地起步后,缓缓而稳稳地行进着,一路移将过来。白幡招展,白茫茫的队伍顺着街道流淌,哀声一路涌动;锣鼓声、鞭炮声连续不断地穿插爆响,使这整体的哀声一浪高过一浪。

面对这种仿佛发自地层深处的悲声的潮水,两旁那些上了些年纪的观者不禁拭泪,不过这丝毫不影响他们分辨队伍中哪些声音是发自肺腑,哪些声音是敷衍塞责做作干号,并对此做出现场的评论。他们惯于认为做女儿的是真哭,当儿媳的是假哭。村里不乏研究这类问题的专家,尤以一些六十岁以上的老妇最为敏感和较真,她们不经意地从眼前死者的待遇情况想象到自己将来的那一天会受到怎样的对待,她们心存惴惴的期待和隐忧。

　　然而这一次的出殡却让村人感到大出意料之外或者说失望吧。虽说死者无女儿，只有四个儿子，但丧事的办理，从入殓那一刻起，再到发棺、送葬，直至最后在墓地落土埋棺，整个过程可谓既悲怆又热闹，既肃穆又隆重。特别是由那四个儿子及四个儿媳妇、上百个孙子孙女孙媳妇孙女婿曾孙子曾孙女等所组成的浩荡送葬队伍哭声齐放时，使人觉得死者这一生仅凭这最后一次就算是没白过，大大地弥补了死者无女儿哭丧和送终的不足。那些老头尤其是老妇们的钦羡之情可想而知，而对死者的儿媳妇们总算是放下心来，再无须分辨和讨论她们的声音是否是徒有其表了。难怪这次出殡即使是在多年后的今天，还为一些来日无多的老妇津津乐道。

　　婚为红喜死为白喜，这是村人注重的两大喜事，办白喜事的隆重程度其实还要超过前者，而丧宴则是最重要的体现。所以那天当送葬的队伍出发后，另一支主要由请来的与死者非亲非故的村人所组成的队伍，也就在为办多至三四十桌酒席的丧宴加紧忙碌起来。一部分人洒扫庭院，搬桌摆凳，一部分人切肉洗菜，抱柴担水，掌勺烹煮，还有一部分人挨户催客，三请四请，总之所有人统统忙得不亦乐乎。要请的客，每家至少一个，既为客那就都是送了礼的，这礼或为十块钱加两挂鞭炮，或为丈把长的红布加两刀香纸，这些礼早在出殡的前两天就由各家的女人送来了。由于死者是少见的高寿，全村人家都争先恐后地送礼，即使是平时与丧家有不同程度的过节的人家也不例外，即使是村干部和村里的头面人物也不例外，大家都唯恐落下，沾不上福气。

　　我家与丧家沾点亲，两天前母亲就过去帮忙烧饭，当天父亲也被请去加入到扶柩和抬棺的行列，他们都不算在赴宴的客人名单之中，所以十三四岁的我就成了我家的赴宴代表。白天因为上学，我被安排在晚上，去时又迟了些，到的时候人们都在碰杯子了。偌大的堂厅足足摆了约十来桌席，人头攒动，热闹非常。我在几张男客的席上找了半天也没有找到座位，只得由办事的把我拉到一张女席上。我一个小伙子挤在女人席上，别扭是肯定的，但好处是在这张桌上无人拉酒，这对于我这个不能喝酒而又很少上过席的学生伢来说也算是少了一个麻烦吧。我们这一桌说是十个人，其实二十个也不止，女人大多都带了孩子，有的甚至带二三个（虽不合"法"却合"理"）。孩子们都贴在他们的妈妈身后，非常活跃地等待着大鱼大肉端上来，非常麻利地将鱼肉大块大块地迅速攥走。每碗菜一端上桌要不到两分钟就被攥走一空，风卷残云一般。认为女人席上比男人席上消耗得少显然是大错了，虽然她们大多不喝酒，但正因为如此，她们用起菜来量更大，何况还有那一群孩子无底洞似的参与了。我坐在那里忽然有了一个比喻，那端菜上桌的人是饲养员，这些女人和他们的孩子是一群待食的饿鸡，饲养员每撒下一把食物鸡们就争食一空。我这个比喻有些不恭，但情形就是如此，菜一端上来，一瞬间桌上就是清一色——空碗。看看自己这边大快朵颐的人们，再扭头望望别的桌上那些男人们的举杯使箸有板有眼相互谦让的模样，我就不禁纳闷，为什么在这种事上男人们倒显得温文尔雅个个仿佛是有教养的乡绅，而女人们却显得像一群饿狼呢？我们的这一桌确实壮观，大大小小高高矮矮的人，筷子一直是捉在手上的，显出的只有一个坚定的神态：攥足、喝尽、吃空，旗帜鲜明，目的明确，毫不拖沓，其结果便是杯盘狼藉，菜汤洒得到处都是，好像碗、盘、碟这些食具自己相互之间经过了一场混战。丧家倒是毫不介意，对我们的这一桌是不停地上菜，几乎每样菜都重复地上了一次，直到孩子们吃得不再围着桌子攒动，女人们吃得满嘴流油才打住，但这时也就接近放炮散席了。

　　那次丧席上我吃了什么喝了什么，真是不值得一提，反正在回家的半道上我觉得肚子有些饿。走着走着我就很不快活，很瞧不起村里人，并发誓以后吃酒席决不坐到女席上，但也不坐到男席上，至于坐到什么席上却没有想。现在我明白了，在那个贫穷的、三月不知肉滋味的年代，我的大惊小怪和清高是幼稚可笑的。

村景七月半

农历七月十五，万祖回归、万宗尚飨的节日，是冥节，也是人的一种节。人在明处供飨，诚惶诚恐，逝者于暗处享用，边享用边观察边品评着眼前这些看不到他们的子孙。供者感受到食者无声胜有声，于是愈加虔敬。

江的对岸，一座形似大象的石山苍翠欲滴，不知什么时候，它的肩膀上就扛起了月亮，那月亮怕山的肩膀承受不住压力，轻轻地跳离了，像一只风筝往天上升。是一轮圆圆的被雨水洗刷过好几遍的大月，它跳离山顶约两丈高时，正同长江上的一艘轮船打了个照面，使船上刚才看上去还十分亮丽的那一排排灯火显得黯然失色。这些人鬼皆能看见，各自感叹。

西边的天幕布满了尚未完全隐去的彩霞，下面的两座高炉的烟囱突突地冒着两柱黑烟，像是地下主持节日大典的两位大仙正在抽烟，而某作家先生却说，大烟囱冒烟酷似一个个的皮球向外滚。村庄就隐在树丛里，气息深沉而浓郁。再次抬头仰望，整个的天空，看上去还是深蓝、高雅的；天是丈夫的天，正如地是母性的地。此是鬼过节的良辰美景。

世界开始震颤在一阵阵短促而激烈的鞭炮声中，香纸在它营造的青烟里升起黑压压的灰屑，在周围旋转、徘徊、飘逸。地上放着几个蓝边碗，里面盛着些许白色的米饭、大块的红烧肉、烧酒。还有一束束的香烛和一叠叠大面额的冥钞也燃起来了。这些物质是这个节日打通阴阳两界不可缺少的硬件，一桌筵席的要素——招呼、敬烟、寒暄、表白、菜肴、酒水、红包，还有道别，自然也都齐备了。独特、奇异而又有些诡秘的气息、氛围中，此在的世界和彼在的世界相互感应和纠结着。

我沐浴在这样的氛围中，在村子内外随意溜达，并打捞、拼接着胡乱搁置在脑中的一些信息。我国传统冥节有三个，按时间顺序依次是清明、中元、寒衣。三个冥节的活动情况大同小异，大同在于都是与逝者沟通，小异则是细节或者侧重点有所不同。清明主要是培土添坟，顺便踏青，不辜负好时节。因此清明时的祭奠是要到亲人安息的地方现场进行的，是将节日的饭场设在安息地，是将思念和物品送上门，类似于现场慰问。寒衣节（十月初一），顾名思义就是冬天将到，该给逝者添置并送去衣物了。也要上坟祭奠，但重点却是制纸扎成的冥衣，然后包起来晚上在门前烧。至于中元节（七月十五），因农历七月是一年中宇宙的阴阳磁场互相交换，产生作用的月份，按传统说法，这时不仅阳间的人感到烦躁，阴间众生也一样，一些尚未投胎的魂就会跑到阳间来，为了让阴阳协调，引导跨越时空者，民间就设了中元节。具体到实际操作，当然是以迎祭逝去的先人为主，兼及随他们一起来的无主之魂即孤魂野鬼，像民间流浪汉那类。来的都是客，请他们饱餐一顿，然后请他们揣着敬献的钱，满载而去。其实三大冥节中最重要最隆重的本该是这个中元节，后来传丢了不少活动细节。传统上的中元节还设有道场，放馒头给孤魂野鬼吃，点荷灯为亡者照回家之路等。

一年复一年的七月十五，一年又一年生者与逝者好似心有灵犀一点通的相会，鞭炮就是招呼：先人啊，回来过节吧，你们看，家门口已经摆好了筵席哩！

在门前选择一个亲人老远就能看得见、找得到的地方进行，路口应该是显敞的，路侧应该有空地。立着或跪着的人，默念和祈求着。垂手伫立的年长者在心里表达着一种清晰而又难言的追思，跪在地上的孩子，虽然对于自己的祖先大多没有印象，但却有了一种完整的意念，因之他们涌上了一种油然而生的敬意，在心中勾画着那些遥远的亲人的容貌和事迹，想象着那个时代的风云变幻，他们似感觉到祖先已来到了身边。

夏末的傍晚完全暗下去，天空已变成淡青色，圆月璀璨，大地安详而明静。轻风中鞭炮、香烛、纸钱留下的气息在夜空中浮动了很久。一棵有些年头的大树罩着一幢房子，月光从叶隙间筛下来，落在场院上一群看电视的村人的肩背上。

这个冥节之夜，青蛙高唱、蟋蟀弹叫。寂静、深远、博大的田园之夜万物隐伏而又生机勃勃。明媚、徐缓、清爽的月光和天籁，让我一无所思却又思绪纷涌。地上远处森暗的树林和高处浩渺的星河使我感到了怅惘；远古以来的已变得漫漶的人间往事使我感到了日月无常、光阴无拘。许多事物都消失了，但今天似乎仍见到了它们中的一些。死和生都是必然的，这种必然使人间永远保持着生生不息的向上状态，保持着对已逝先人模糊而又清晰的忆念。

一部分祖先就隐身在我的周围，目送着我走入家门。祖先总是值得我们怀念和敬畏的。那时，富有诗情画意的月光、房子、油灯以及树影伴着祖先们的生活，一如今天伴着我们的生活一样；从某种意义上说，我们如同生活在过去，而他们也仿佛生活在今天。照见他们的那些星光无疑也正在照见我们，只是这些星光离我们的距离是近了些还是远了些呢？

一只蝙蝠从窗口扑哧哧闪过，狗的叫声次第搅和着夜晚的空气。我把灯火揿灭，月光如潮般灌入窗口。满室馨香，夏末的植物在这个冥节之夜似乎更加葳蕤和鲜活。

遭遇《倪氏家谱》

我对家谱有种出自本能的好奇，但在好长时间内却未做出过任何努力，以使自己能一睹某部家谱的庐山真面目，原因是我知道这很难办到。1990年前后，在修谱热中，我们这一支陈姓人也动起来了，不过我家没能参加，主要原因是我伯父迷信且有私心：他几个儿子全都生的是女孩，他认为这样上了家谱会很尴尬。我父亲不敢违拗兄长的意思，只好也不参加。他们的放弃或拒绝，至少使我失去了一个"认识"家谱的最好机会。

终于看到了一部家谱，时间是2000年12月上旬，一个偶然而不经意的日子。当然不是《陈氏家谱》；我有幸看到的是《倪氏家谱》。我说有幸，是因为不仅终于真切地看到并抚摸了一部家谱，而且它还是一个名门望族的族谱。望江倪氏家族在清以降着实出了好几位颇有声望的人物，其中，有嘉庆四年（1799）进士、乾嘉年间著名收藏家、校勘家和著作家倪模（1750～1825），有咸丰二年（1852）进士、钦点翰林院庶吉士，曾任曾国藩幕僚、河南巡抚、河道总督的倪文蔚（1823～1890），还有在1907年徐锡麟"安庆起义"遇难后，收留其弟徐石麟，官任庐江知

115

县的倪文铮（1873~1939）。实在是一个弥漫着书香，氤氲着灵气，焕发着传奇色彩的家族，令我一直向往不已。

那是个阳光很好的下午，我来到倪氏发祥地之一的东阁村看望舅父舅母。初冬的斜阳温煦地抚摸着一座座草垛，似乎是以此强调这方乡土古老的诗情画意。我的舅舅站在家门口老远就喊："两年也不来一回，望了一天才见人影！"他是个瘸子，小时候落下的病根，一颠一颠地上来就把住我的胳膊，拖也似的把我这个被他从小惯坏的大外甥迎进了家门。天擦黑，舅母端上酒菜，我们舅甥二人边吃边闲扯。我深知他最喜欢人家提倪氏家族过去的事，就故意抛出一句："你们姓倪的在清朝是出了几个人物，可惜驼子拜年一年不如一年，现在恐怕连个谱都没传下来！""你怎么知道没有传下谱？！"他的眼闪着愤怒、狡黠而兴奋的光。我说就是有谱也不晓得放在哪里。舅母在一旁插话："你舅舅知道！"本是想逗逗他，看来可能有些文章，值得认真试试，便提出请他想办法将家谱借来让我看看。他却说，家谱平时是不让人随便看的，唯有清明这一天，大家可以看看，但外人不管什么时间都是不给看的。我说你又没有收藏保管家谱，也借不来，管他给不给外人看。他起身说是去拿包烟，很快回来时双手却捧着一本厚厚的深蓝色的盒子。我漫不经心地瞥了一眼，当看到那蓝盒子上印有"倪氏家谱"四个白色的字时，心里一阵紧张。他小心翼翼，一本一本往外掏，一共是6本，16开，仿线装，一律蓝封皮白谱名，刷新刷新的。我激动地问："你什么时候收的家谱，怎么没听说过？"他得意地说："舅舅我在姓倪的中现在辈分是很高的，就不该收一部？"我不敢多言，怕煮熟的鸭子飞了。我说："我翻翻？""当然，给半个小时。""什么？半个小时？"我不理会他，翻将起来。

这部《倪氏家谱》可能比较标准，谱序、凡例和谱论、先世考、世系等应有皆有。第一个序即为倪模所撰。这一支倪氏的源头我原来以为也是在那个神秘的地方——江西瓦屑坝，即我们皖西南数县人共同的源头,不料却是在江苏苏州。这支倪氏的一世祖随做"雷池监"的张氏岳父举家迁到望江,从此扎根繁衍下来。在舅舅的一旁提示下我竟然翻到了我的名字,一个久负盛名的倪氏家族,它的家谱上竟也收进了我这个外姓人的名字!不仅有我的名字,还有我的父母亲和弟妹的名字,我的全家。原来是我们全沾了我母亲的光,我母亲当然是沾了倪姓养女的光,不,我母亲是作为嫡亲女的名义附在我外祖父名下的,这恐怕是舅父在提供家庭成员名单时作了弊。不过,论起血统关系,我与他们倪家也并非无缘,我母亲的祖母即我的曾外祖母乃这支倪氏家族嫁出来的姑娘,但因时间隔得久远,已为许多人不知,不再有人提起。

当着舅舅的面,我手捧《倪氏家谱》,难免有些神圣之感。我翻来翻去,一目十行,虽不甚了了,却兴味盎然,爱不释手。可恼的是舅舅说时间到了。我眼巴巴地看着他一本一本地往盒子里装,又眼巴巴地看着他捧着盒子往里屋走去。我忽然滋生出一个念头。舅舅回到桌子边坐下,我显出从未有过的温存,小心翼翼地提出了借字。他硬邦邦地说:"煌煌倪氏家谱,岂有外借他人之理!"我说,我怎么是外人?我不也上了你们的家谱吗?他不予理会,只劝搛菜、吃饭。

那天晚上,不管他们怎么留宿,我骑着车子头也不回地走了。老远还听到舅舅喊:"常来看看我呀,孬外甥!"

第二天,我在单位办公室接到他打来的电话:"家谱借给你看15天,什么时候来拿!?"

别样的夜晚

> 在某些夜晚，星星会从
> 它们的光中走出来
> 使某些事物
> 变得怪诞，不合情理
> 但可爱，并且向
> 存在点头致意
>
> ——华青《另一些夜晚》

根据我的研究乃至体会，我相信我的"别样的夜晚"就包含在上述的"另一些夜晚"之中。情况是这样的，那个夏夜的后半晌，一种声音把我从梦中惊醒。我稳住神，仔细听。那声音竟绕着我屋子发出，"噢－噢－噢……"，悠长、战栗、空洞、凄戾、无援，呈现出荒岗上特具的那种阴森气氛。我有点不安，却并不恐惧。我的不安在于难以判断那是一种什么样的声音，它是牲畜发出的还是人发出的？感觉两者都不像。按惯例，凡是弄不清楚的声音皆可归类于鬼声，我也只好暂且如此。鬼乃一种古老而不灭的文化现象，而主要策源地即在村庄。据说，鬼多在夏夜进村活动，而活动的一项重要内容即是叫喊。

前时村里的王老汉绘声绘色地说，一天深夜，他看到一个红色的伢鬼站在一口颇有些年头的老潭边扑通一声跳了下去。听到这个消息，我很是不愉快，因为这老潭的一小部分已被我家填起盖了房子，也就是说我现在住的地方原是鬼的地盘。这一夜是否流离失所的鬼凭吊它的故园来了？

但我又想，如若真如此，我倒要和这鬼套套近乎，以取得它的谅解，使它从此安静下来。可惜阴阳有隔，虽近在咫尺，却如隔天壤，无法与之相交。是否今晚就有一种切实的沟通将要发生呢？虽然它那叫声一时难以让我适应。

我正这样遗憾地想着时，那叫声也熄了，不知是不是感应到了我的诚意。我上床躺下却再也睡不着，只好把灯拉亮，找到蒲松龄老先生的《聊斋》读了起来，便隐隐地又升起了另一种期待：说不定将会有一才色绝佳的女鬼推门而入，不，飘然而至。我正这样地期待时，不料那叫声又绕着我的房子响起来了。也许它感应到了我是个不甚地道的家伙吧。于是放下《聊斋》，倾听那叫声，想把它当成发自另一个世界的信息来研究。为了表示我的坦荡、豁达和真诚（其实也暴露了深藏在心中的胆怯），我下床将房子里的几盏灯都拉亮了。我是想让那些伤感的"暗物质"（另一个世界）中的存在者知道，我已经是怀着深切的歉意倾听它的声音，我还想让它知道，人世间或曰阳间并非都是些狂妄自大、不知悔改、恬不知耻的恶徒、伪君子！

那一晚，我听了很久，期待了很久，却始终都是只闻其声不见其形，而在东方将白之际，我忽地想起纪昀老先生所讲的一个十分有趣的鬼故事，便下床找出《阅微草堂笔记》，翻到《老学究》这篇，读将起来。为免您查阅之劳，兹将此篇抄录如下：

爱堂先生言：闻有老学究夜行，忽遇其亡友。学究素刚直，亦不怖畏，问："君何往？"曰："吾为冥吏，至南村有所勾摄，适同路耳。"因并行。至一破屋，鬼曰"此文士庐也。"问何以知之。曰："凡人白昼营营，性灵汩没。惟睡时一念不生，元神朗澈，胸中所学之书，字字皆吐光芒，自百窍而出，其状縹缈缤纷，斓如锦绣。学如郑、孔，文如屈宋、班、马者，上烛霄汉，与星月争辉。次者数丈，次者数尺，以渐而差，极下者亦荧荧如一灯，照映户牖；人不能见，惟鬼神见之耳。此室上光芒高七八尺，以是而知。"学究问："我读书一生，睡中光芒几许？"鬼嗫嚅良久曰："昨过君塾，君方昼寝。见君胸中高头讲章一部，墨卷五六百篇，经文七八十篇，策略三四十篇，字字化为黑烟，笼罩屋上。诸生诵读之声，如在浓云密雾中。实未见光芒，不敢妄语。"学究怒叱之。鬼大笑而去。

读罢不禁 N 次捧腹大笑。

次晚，我怀着说不出的心事打村街经过，见王老汉门前竹床上神神秘秘地围坐数人，便凑过去。果然王老汉又在讲鬼故事，是否在讲昨晚之鬼？只听王老汉说：黑白无常有很大的不同。白无常一身白，它的个子最低时足有两米，并可根据需要立时竖成一座铁塔那么高。白无常乃一善鬼，对人和蔼可亲，如碰到人，还要向人脱帽敬礼，不过它有时喜欢幽人一默，比如把你正走的一条好端端的路忽地变成一口水塘，或把前面的水塘变成一条宽阔的路，当然你除了惊骇了一下，是不会受到什么损害的。而黑无常则一身黑，它那帽子是个宝贝，你如果借到它那帽子就发财了，因为戴上那帽子，别人看不见你，你却什么都看得见。可惜黑无常脾气古怪，帽子不轻易借人，从前只有一个人经受了黑无常多次考验后借到过一回，那家伙日间跑到商店里，当着众多人的面，堂而皇之地拿走了许多钱物……听到这里众人不免啧啧称奇，王老汉便道："何必羡慕呢，那人回到家将东西拿出来清理时，才发现那钱全变成了灰烬，那物全变成了狗头石！"这白无常黑无常的故事村人差不多听过一百遍了，但一百〇一遍还是听得津津有味。王老汉们竟一直未提昨晚鬼叫之事，我颇感失落。

而回到家一门心思等待昨晚那鬼的再次叫唤，亦是空候一场，不由得怀疑起昨晚的一切是出于幻觉。复搬出《聊斋》和《阅微草堂笔记》，企图寻出些蛛丝马迹，不料从头顶响起似乎是几个人同时发出的苍劲之声："小子，如斯堂奥似尔等底蕴目前岂能窥得！"像是蒲留仙、纪晓岚以及著有《搜神记》的干宝等几位老先生来了。忙四下张望，却只闻其声，不见其人。

村庄里的另一座村庄

从城市的边缘起始向四面八方扩散开去，绕过河流，穿过田野，是无数座村庄，这些村庄距城镇愈远，其严格意义上的村庄色调愈浓，但最基本的色调无非是村庄的上空缭绕着每日不少于三次的炊烟。接下来我就想到了还有一个要素，只要你愿意发现就会看到一块坟地。坟地是村庄里的另一座村庄，它的村民永远以一种我们无法知道的方式"活着"。多年来我囿于这样的一种基本认识：没有坟地的村庄，是不健全的村庄。

一代又一代的已经走出和一直没有走出村庄的人们，当他们还是孩子的时候，几乎无一例外地把坟地当成一块禁区。那差不多就是一切恐惧的根和源。我们打猪草去，明明知道坟地里的猪草很多却绝对放过。那里的高大的桑树上长满了黑而甜的桑葚，我们就像没有看到一样。晚上跟着大人走坟地边的路，我们把脸藏在大人的腋下。稍长，我们单独走夜路，经过那个地段，脚步会不由自主地加快，且目不斜视，还要随机应变似的抓住几句歌词唱起来，以示壮胆。为什么会这样？这似乎极易解释，但肯定不是最恰当的解释。

　　当我们的亲人和非常熟悉的人从"活"的村庄进入那"死"的村庄的时候，虽然彼此从地理上讲是那样的近，却比星辰还要远了。他们加给我们的恐惧是无法言表的。年深日久，坟地里的人们给我们留下的印象统统只有一种面貌一种行为，那就是鬼。尽管有人传说某人确实看到过鬼，但谁也相信谁也不相信，从来没有谁在进入坟地后出来证明过，即使生前他言之凿凿地说鬼是有的。

　　但惧怕鬼的意识是与生俱来的。我不能忘记18岁那年秋冬之交的一些夜晚，那是怎样的可谓惊心动魄的夜晚啊，虽然我已经跨入成人的行列，但我与我的同龄伙伴对坟地还是谈之色变，面对它还是噤若寒蝉。我们几个被生产队派到紧挨一块坟地的地方看抽水机，我们住在帆布盖不到底的一个小棚里，打地铺。小棚里东南两方是相对安全的，因为紧靠着弯埂，而西北两方是不安全的，因为几米之外是坟地，小棚的门也朝那个方向开。我们在天未黑时争来争去谁睡不安全的方向，最终的办法是每晚抽阄决定，谁抓到谁倒霉。晚上睡在"不安全"位置的人闭着眼睛睡不着，一个劲地往中间挤。夜是那样静，坟地里传来蟋蟀的鸣叫声清晰无比，不时猛地传来一两声什么鸟叫，令人毛骨悚然，大家挤得紧紧的，谁也不敢出一声。

　　心中没有神灵，没有敬畏的情感，是个大缺陷。如果说我们活着还保持着一些敬畏的东西的话，那么坟地就是其中之一。我不是说鬼或怕鬼，我是说那气氛那渗透进我们心灵的哀痛和我们也必将抵达的那个终极目标。坟地，无疑是一个本质的存在，它对照、引进、修饰着我们的生存。

　　一位诗人在写河流时说："人，一个如此为衣食住行劳碌终生，而且生命大多不过以两位数计的人，灵魂虽然也可以深沉，但那深度那重量如何能与河流比？"（沈天鸿《河流》）我想，也许死去而进入坟地的人们尚可与之相比，因为他们与泥土相结合乃至最终化为泥土了，而泥土与河流同为生生不息的永恒之物。冥冥相印，物物相通，这也可能就是我们敬畏坟地的缘故。

坟地是安静的，坟地需要安静，我们的父老乡亲或长或短地忙碌、忧患、希求了一生。他们在活生生的人生舞台上演过的一切，我们正在重演。他们获得过的东西，我们也正在获得，他们最终的获得我们也将获取。不管今人古人的生存境况如何的不同，人生舞台上演出的基本节目是一样的。

又是一年清明到，坟地遍挂清明旗。乡村的大道小道上，络绎不绝地走着去做清明的人。他们有从千里之外赶回的，也有从别的村庄来的，他们中有混得很不错的人，也有混得极不如意者。同来的有新婚的妻子，也有从未到过老家的孩子。这些走在路上，奔向坟地的人们，是来重温一段与他们密不可分的故事。悲伤的年份大多已经过去，只有这些故事依然是那样鲜活。怀念是那样掺杂着过去和现在，因之富有诗意。生者与死者说来说去只有一首故事诗在紧紧牵系着。

切一块圆边的土块放到坟冢上，为亲人做一顶新帽子。为坟冢增一些新土，修补一下亲人的家。请脚步轻些、再轻些，不要惊醒他们，供奉的钱物他们将如期收到。轻些、再轻些，不要碾坏他们坟边的小草，那是他们的眼睛。我们且用鞭炮来打一声招呼："这些日子，你好吗？"

对坟地的敬畏，对死者的敬畏，是我们人类对生命之光的遥祝，我们虽然活得磕磕绊绊，但我们都在努力地活得好些，再好些。

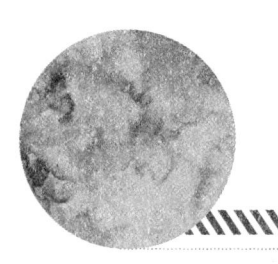

第四辑　铭刻的温情

皮夹子

家里唯一的皮夹子掌握在父亲的手中，家里所有的钱都装在那只皮夹子里。每次，我找母亲要6分钱买算术本子时，她必得小心地向父亲讨，而父亲总是绷着脸不高兴，虽是打开皮夹子拿出了钱，但却拿得很不利索，于是我就愈发不敢直接向他要钱了。

家徒四壁，一无长物。那时我不但成绩好，且最爱看"画书"——连环画，五年级上学期，我积的连环画足有100本。我们村子附近有油厂、轧花厂，都是归县里直管的大厂，本着靠山吃山、靠水吃水的精神，我买连环画的钱，多半便是在厂子里倒腾破铜烂铁而后卖掉得来的。但后来工厂的门楼越筑越豪华，院墙亦越砌越高，我的财路因此就被堵断了。

我打上了父亲那只皮夹子的主意。父亲是全村公认的大力士和勤劳汉子，而我还觉得他比别人的父亲英俊漂亮，尤其我羡慕他裤子左屁股上有只口袋，使他显得更有父亲的威严。每当他蹲下身来干活，那只口袋总会鼓得很紧，皮夹子就装在里面。晚上睡觉，父亲一般都睡得很沉，这就给我摸他的皮夹子创造了良机。我沉着冷静，谨慎操作，屡屡得手，每次都会有1毛2毛的收获。

有一晚，我没有摸到那只皮夹子，此后几晚都没见到那皮夹子。我很害怕，以为父亲发觉了，但好多天他都没有理会我。我纳闷不已。一个星期天，父母都下了远地，只留下我带着二弟、三弟和小妹守着两间低矮的茅草屋。我们四个家伙像日本兵一样在屋子里扫荡开了。终于在一捆高吊在梁上的被絮里，我惊喜地摸到了一样东西，凭手感我就知道那正是我要找的东西——父亲的皮夹子。我站在高高的板凳上激动得不知所措。在下面扶着板凳和垫板凳的方桌的那三个小家伙，仰着脸直嚷着快把东西拿下来。头顶蛛网，我战战兢兢地打开那只从未仔细打量过的浅红色的人造革皮夹子，大感不解地看清了里面仅仅装着8毛钱和5斤安徽省粮票。这样少的钱，我实在不敢下手，于是慌里慌张地把钱和粮票塞回皮夹子，又急急忙忙地将皮夹子塞回到被絮里，然后满头大汗地下到地上。我站在地上直发呆。弟妹们一脸的狐疑，又不敢问。我恍然大悟，父亲作为全村有名的"超支"户的户主，已实在没有什么钱需要用皮夹子装了，或者说，他已根本用不上什么皮夹子，那只皮夹子就只能被"束之高阁"了。

初三上学期，不经意间，我发现那只旧了不少的皮夹子，不知从何时起，又鼓在父亲的左屁股口袋里了。它好像比以前任何时候都要饱实，而且在我看来还有一种压抑不住的喜气。然而不久，我却出了事。初中刚毕业，我就参加生产队江堤兴修劳动。在一次塌方中，我被压断了右大腿。村里的土郎中为我推拿了四十多天，结果却是腿粗如桶，不痛也不能动。抬到望江医院一拍片子，才知断处已错位愈合。急送安庆地区医院，因在家延误四十多天，治疗起来便颇费周折。做大小手术五次，腿细如杆，心急如焚；住院三个多月，出院后仍需在床上熬日子。从春末到春末，整整一年，十八岁的我成了卧床不起的废人。我家原本毫无家底，幸赖父母的努力操持，几年来家业渐有起色，不料遭此一击，就更是穷得无以复加了。而那只皮夹子因无钱可装不知又被父亲搁到哪个角落去了。

后来的几年，家境渐佳，父母便铆着劲要造房子。我家房子之差，全村无可匹敌，这是父母最大的心病，也是最大的动力。除了辛勤种庄稼，母亲还看养了好几头肉猪和一大群鸡鸭，甚至饲养了下崽的母猪，父亲则经常到码头上、油厂和米厂里扛大麻包，可谓多业并举，不遗余力。这时候那只旧皮夹子又被父亲请出来了，但每次塞进去的钱还没有被它焐热，就很快被送到砖瓦厂去订购造屋的材料了。终于，父母不仅新造了两间供自己和我的弟妹们居住的砖瓦平房，而且还在另一场地为我新造了两间婚房。虽然两处造房子和我的婚事几乎再次耗尽了家里的积蓄，但出乎意料的是，我看到父亲使用他那只皮夹子的频率，竟比以前更高了。他把钱拿出或装进皮夹，然后，把皮夹塞在老棉袄的口袋里而不再是左屁股口袋里，末了，用一只手掌拍拍口袋，像是告诉自己这很稳妥；偶尔也会塞在左屁股口袋里一两次，只是已显不出曾经在我眼里的那种神气和威严了。

日子当然会越过越好，那只老皮夹子当然也会越来越饱实。但父母还有许多未了却的心愿需要用钱去打理，例如，二儿子的婚事、小儿子四年的大学生活，等等。因此，那只旧皮夹子还会不知多少次地饱饱瘪瘪下去，直到最终完全被父亲"束之高阁"或干脆丢在无锁的桌屉里而不再使用，但到了那个时候，父母也就老了。

永不消逝的脚步声

医院里最叫我难受的,不是福尔马林之类刺鼻的药水气味,也不是手术台上那发自体内深处的疼痛,而是断手的病人与断脚的病人同住一室给我的强烈刺激。我是一个十八岁的骨科住院病人,代号一度是9号,一度又变为8号,我知道这两个数字现在是很吃香的,但那时,我和我的父亲压根儿都没有想到这些,相反,所能想到的,都是些很沉重的东西。

有两个大约八九岁的男孩,他们一个左臂骨折,一个右臂骨折,几乎是同一天住进了我们的病房。头几天,他们除了哭喊就是呻吟,直让我们这些下肢出了故障的大人不得了地同情。然而接下来的两天,情况起了变化,两个小家伙不约而同地沉默着,又过了两三天,最糟糕的事情发生了——请允许我这样说——他们可以下床活动并且很快地交上了朋友!于是,我的天,便整天都听到他们那出出进进、跑来跑去的脚步声咚咚地响着,伴和着稚嫩的口哨声、有头无尾的唱歌声、嘻嘻哈哈的打闹声,在我们的周围飘来飘去,在我们的耳中嗡嗡直响。我没有办法不讨厌,没有办法不嫉恨,更没有办法不油然地羡慕。我只好默默地

129

把眼睛紧闭，把耳朵捂上。

在江堤兴修工地上的一次塌方中，我被压断了右大腿。村里的土郎中殷勤地为我推拿了四十多天，结果却是腿粗如桶，不能动弹。抬到县医院一拍片子，才知道断骨已错位愈合，于是急送到这城市的大医院来治疗。先是将错位愈合的骨头重新折断，然后采取牵引疗法，在大腿接近膝关节的部位，横打进一根半尺长的钢筋，钢筋两端系上绳子，绳子下端兜着40斤铁砣；整条腿固定在一个悬置的架子上，构成60度的斜坡，颇似一种受刑的姿势。当那两个孩子到来时，我呈这个姿势已有一个多月了。我的神经已被磨炼得极其敏感，眼耳之外稍有风吹草动，就会在我平静的深潭般的内心激起波涛。现在你理解我为什么这么神经质了吧。但那两个孩子可不管这些，照样我行我素地发出种种声响，这两个"猫厌狗嫌"的小男孩啊！

其实，平心而论，我是喜欢他们的，他们的脚步声是那样的便捷，欢快得就像一曲无伴奏的歌；他们在不走动的时候，我感到风平浪静，我就会分给他们香蕉苹果吃，可一旦他们动起来，走来走去，蹦来蹦去，充斥在我耳中的全都是他们的脚步声时，对我无疑就是一种折磨。

不知不觉间，两个小家伙的脚步不再响起，我才意识到他们都出院了。我心里竟然若有所失又若有所待。然而那脚步声毕竟已经杳然，它们已经回归到白云映衬的天空下，与鸽哨交织在一起，把田野和村庄拉得意味深长。我只有凭记忆和想象来咀嚼这珍贵的脚步声。

我开始关注到父亲的脚步声。

我出了事故又长期住院，一家人可谓在凄风苦雨中过日子。弟弟妹妹学习成绩一降再降，母亲整天以泪洗面，而父亲看起来很平静，但心里却涌动着愁云惨雾。就在我出事的当天，父亲正在十几里外的地方干活，听到我腿"跌坏"的消息，忙骑着自行车往家赶，途经县城时，在猪肉摊上买了两斤肉骨头，想着好为我加强营养。天正落着蒙蒙细雨，在出县城的下坡路上，他竟一头撞昏在路边的一棵大柳树上，被人救醒后，又骑上车急急地往家赶……现在，在这离家一百多里的市医院里，他一直陪护着我，可我竟然对他的脚步声几乎没有什么感觉，直到那两个孩子的脚步声响起又消逝后，我才关注到他的脚步声。

父亲正值血气方刚的中年，在工地上拉板车一次能拉一吨重的狗头石却步履沉稳，在粮库驮二百斤的大麻包登高时如履平地，而现在他的脚步在我听来竟是如此地轻，几乎轻到只有聚精会神才能听得见，而且多半还要靠第六感官来协助。

父亲日夜守在我床边，为我憔悴，为我烦忧。在家里他是个极喜欢看戏看电影的主儿，为此村里人送他个"电影迷"的外号，但在这有很多电影院的城市里，他却守着我一步也不肯挪。那一晚，我"命令"他去看电影，否则就不吃饭，他既高兴又不放心地去了。已经过去两个多小时，觉得他该回来了，我一丝不苟地谛听着走廊的动静，时刻等待着他的脚步声响起。三个多小时过去了，可他还没回来，我不由得打开了想象的翅膀：他是否出了什么事，或是迷了路，或是碰到了熟人，或是被……我不敢深想下去，但又不能控制。我实在担心他走在车水马龙的路上不安全，担心他人生地不熟被人欺侮。我的感觉、思想、耳朵全都紧张得不得了，全身心的触角都伸向了病房门口、走廊，只等那熟悉的脚步声快快响起。

像这样焦急地、胡思乱想地等待父亲归来的情景，从小到大多得如家常便饭。我们多半是在傍晚的村口，等待他从路远的田地里播种归来，从油粉厂拉板车归来，从码头扛大包归来，从江堤挑土归来……哪一次的等待都是在煎熬中开始，在他的脚步声由远及近清晰地响起时圆满结束，我们那小小而简单的幸福便达到了高潮。然而，如今的这一次也许是太特殊了——我是在举目无亲的异乡的病房里，等待完全没有城市活动经验的他从外面归来啊！

时间一分一秒地前进着,手表的嘀嗒声十分清晰,病友们的鼻息或轻匀或粗重。每一次我都感到父亲的脚步声正在迫近,可每一次都是错觉,而每一次的不是,更加剧了我的焦虑。直到我的忍耐差不多接近极限时,他倒是真回来了,脚步声几乎和人同时抵达,让我的耳朵猝不及防。我本是一副怒容,但我的目光碰到他憨厚的笑脸时,心不由得软了,开朗了,所有的委曲一扫而空。

　　那永不消逝的,通过布鞋底温软地发出的脚步声,此时仍鲜活地在我心间回响,胜过所有的美妙乐音!

坍　塌

　　我清楚地记得那是 1984 年 7 月 5 日的事情。那天中午，一场短暂而暴烈的黄梅雨下过之后，天气依然闷热难当。我穿着大裤衩，赤着上身，翻过江堤，躲到多少有些凉风的柳林里看大仲马的《三个火枪手》。看了没几页，不觉沉入宋人"纸屏石枕竹方床，手倦抛书午梦长"的境界里，在一块青石板上睡着了。

　　趿着拖鞋吧嗒吧嗒地逛回家时，天已经黑了。屋里只有父亲一人，正坐在椅子上艰辛地打着瞌睡。我知道，上午那位来家里作客的老妇人，此时已由母亲和妹妹陪着到镇上看电影去了。我来到灶屋吃晚饭，留给我的饭菜还热得很，一碟通红的辣椒酱，一碗碧青的炒辣椒，半碗油光光的红烧肉，两碗洁白的米饭，吃得我浑身冒汗，通体舒坦。

　　随手打开收音机，正播着女中音德德玛颇有磁性的《草原之夜》。但我的耳边却又响起了母亲老说的一句话："许多与你一般大的小伙子都结婚生子了，你还好像不懂这些事，我真为你急啊！"我环顾着这间单墙砌就的砂砖红瓦灶屋，又瞄了一眼父亲正在里头打瞌睡的那两间正屋，不由得轻叹了一声。那两间正屋，虽然叫瓦屋，那瓦却是后加的，它下面是一层稻草，墙体也是由夯土砖构成，年龄已过30了。而这间灶屋建于10年前，看起来不是很旧，却很简陋。就这样的家庭条件，哪个姑娘会跟我呢？

不过，屋子虽破旧，却是很有人气的。我母亲人缘极好，无论是老婆子还是小媳妇、大姑娘，都喜欢来我家与我母亲"唠嗑儿"，经常一唠就唠到深夜。她们就坐在灶屋唠，灶屋没做之前是在正屋唠，常常是欢声笑语一片。我想这些女人喜欢到我家来，也是因为我家屋子收拾得非常干净，小而干净，主人又和气，自然就聚人气吧。但是毕竟是陈年老屋，时有不测发生。有一年秋天，风雨大作，将两间正屋上的稻草吹得到处都是，雨灌进屋里，把什么都浇得透湿，我们都依偎在母亲的周围，头上顶把帆布伞，可怜巴巴地苦等着风停雨住。那一次被大风掀了屋顶后，父母弄了些钱，买了大红瓦来，在屋顶苫上厚厚一层新稻草，再加盖上新买的大红瓦。可是，我们4个孩子都大了，全家6口人还住着这样的房子，这多少让我们感到自卑。

德德玛的歌声结束了。我站起来，听到锅台处好像有"吱吱"的老鼠叫。我轻手轻脚地过去，企图捉住那只老鼠。没见到老鼠，声音好像在上面，屋檐的桁顶处。抬头查找，桁条的另一端发出了更明显的"吱吱"声。正陷入困惑，电灯突然灭了，就在漆黑一团中，"轰"的一声巨响，好像有许多东西砸在我的四周。

正在两间正屋的堂间打瞌睡的父亲，被巨响震醒后，还以为是左右哪个邻居家发生了什么事，又觉得不对，便走到正屋与灶屋间的短廊上，不看不要紧，一看惊得目瞪口呆。回过神来，就立即大叫我的名字，声音都变形了。闻声迅即跑来的邻居们，发出了嘈杂的说话声。我活动了一下手脚，竟然行动无碍，不仅没被压着，甚至片砖片瓦半截木头也没碰到。父亲一把将我拉出来，摸遍了我全身，见没有一点异样，才重重地松了口气。围拢过来的邻居七嘴八舌地说："真是奇了，人在里面，毫毛都没伤着，将来必有福！"我心里说，奇个屁，屋倒的时候，我恰好处在一面唯一没有倒的墙体边，倒下的桁木斜靠下来，形成了一个三角空间，我才得以完好无损；至于有福，那也是安慰的话，4年前，在江堤兴修工地的一次塌方中，别人都好好的，就我被压断了大腿，从医治到休养，在床上躺了一年多。

好心的邻居们散去后，在外面不知干什么去的二弟回来了，上晚自习的三弟也回来了，只剩下母亲、妹妹还有来我家做客的邻乡老妇还没回来。我们父子四个围着废墟发呆。对于灾难的滋味，我们全家已不是第一次经受了，4年前我骨折的那一次对我们全家来说，就是一场漫长的折磨过程，改变了许多事情。这一次虽然没伤着人，但也是被灾难之神用尾巴毛扫了一下。我们怕母亲想不开，忐忑不安地等着她回来。10点多的时候，母亲她们看完电影终于回来了。黑暗中看不清母亲的脸，但听得到她的啜泣。不过还没等我们安慰她，她就劝慰起我们来。母亲说："人是宝中宝，人没事就是菩萨保佑的！你们还站着干什么，快收拾啊！"说着，母亲就带头清起场来。一家人，包括那个阻拦不住的老妇，一直忙到天亮，终于将废墟清理干净。

后来，我还是有了庆幸之感，万分的庆幸啊。那晚，若不是母亲和妹妹陪着老妇人去镇上看电影，我家肯定又有许多女人坐在那灶屋里"唠嗑儿"，那后果真是不堪设想啊。是那个老妇人庇护了我们，她是谁派来的？是缘分派来的吧。这位家在20多里外的邻乡老妇，我不知母亲是怎么认识她的，只知她来我家作客的一年前，我家多了一头能下崽的母猪，而它的主人就是这位老妇。

疼　痛

　　夏天晚上闷热难当,人们只好搬竹床或门板到屋外睡。半夜,隔壁老史家的二儿子季平,在离我十几米的地方,又开始大声地呻吟乃至哀号了。我们的好梦,全被他惊心动魄的声音弄得七零八落。我知道可怜的季平伢又发牙痛了。

　　"牙痛不算病,痛来真要命",此谚语即道破了牙痛发作时的那种无助状态。其实牙痛不仅是病,而且据说还是顽症。我周围许多人都有一部刻骨铭心的牙痛史,也包括我自己。童年时期,我饱尝牙痛折磨的惨状,比之于我的邻居史季平兄弟,那是有过之而无不及。

　　我还有个体会,就是,牙痛会传染。这不,听了季平一夜的牙痛弄出的动静,早上起来,我的牙痛也犯了。不过,尽管痛得很难受,我还得瞒着母亲,因为我知道她要出趟门,我要跟着去;如果她知道我又犯牙痛了,不仅不带我去,甚至连她自己也会取消出门计划。

　　华阳镇河街那个水码头,有人叫它一码头,还有人叫他"玉"或"御"码头。后者有些奇怪,难道哪朝哪代哪个皇帝到过这里?我至今也没弄明白。

母亲与村里的一群妇女就是到这码头的煤场上来刮煤的。何谓"刮煤"？就是汽车或拖拉机将码头煤场某一个煤堆运空后，残留在地上的煤屑，货主放弃了，于是村里的妇女便带着小笤把、小挖锄和簸箕、麻袋自动地跑来"清场"。这样的"清场"难免会波及旁边尚不搬运的煤堆。面对农妇们的觊觎，货主有时不免施以尺度过大的惩罚举措。令我没有想到的是，这次不知货主哪根神经搭错了，他竟跑上来冷不丁地将我母亲狠狠地推了一把，母亲被推得四仰八叉，手里的笤把落到一旁，被他顺势一脚踢到了河里。

我明明看到，母亲是在人群的后面老老实实地刮地上的煤屑，并不在煤堆的旁边，货主显然是不分青红皂白，大概觉得我母亲个头小好欺负。放之四海，无论老幼，父母亲受到了欺侮，或者受到不公正对待，最心痛，最不能容忍的，一定是做儿女的。我像一头暴怒的狮子，一路吼叫着跑上去，用我小而结实的拳头，往那人脸上凶狠地擂了一拳。那人猝不及防，痛得捂着脸蹲了下去。等他立起来的时候，我还站在那里对着他怒目而视。那人大怒，抬起手就要揍我，被母亲和几个女人抢上来拦住。那人不得逞，气呼呼地离开。我却撵着他大骂不休。他返回来与我对骂，却没有我出口快。骂也骂不过，打又打不得，他便懊恼地躲到旁边小屋里去了。而我并不想休战，仍紧跟到门口对着里面继续开骂，凡我当时已掌握到的"国骂"之语，全从我口里连珠炮似的迸出。最后，那人只好关上小屋的门龟缩在里面一声不做。整个过程，母亲拖我拽我骂我打我屁股，都没能阻止住我。母亲又想继续刮点煤，又要管着我，很是忙碌、狼狈。她还不停地对那人说好话，赔礼，叫他不要和个孬小孩一般见识，这更激起了我对那人的愤怒。

回家的路上，母亲大骂我是个不听大人劝的死犟死犟的孩子，大了以后屁出息都不会有。奇怪的是，在整个"战斗"的过程中，我的牙竟然一点都不痛,直到回到了家,刚一坐下,复又痛起来,而且变本加厉,痛得钻心。

中午,烈日笼罩着村庄,屋里坐着不动都会大汗直流。母亲见我痛得狂蹦狂跳要命的样子,急得团团转。已经怀了五六个月身孕的她驮起我就走,走了四五里的羊肠小道,来到一个表情颇为严肃的干瘦高个老太太的家。我有一种朦胧的敬畏感,缘于这个老太太的表情和做派。她从嘴巴上吐下一杆尺长的黄烟筒,然后往桌脚敲了几下,地上便落下一坨仍然冒着青烟的褐色烟屎。我好像听到她在往鼻梁上架起副老花镜时咕哝了句:"好伢子,牙齿让虫吃得尽是洞哟!"然后用她那两根大拇指的长指甲同时狠劲地按我的额头、嘴巴角、下巴和鼻梁侧等部位,那指甲简直就是两把钝刀,把我按得鬼哭狼嚎一般。过后她告诉因慌乱紧张而憋得双颊通红的我母亲,应如何弄些陈年的艾蒿,将它熬成灰,再用少量水和一和,又如何将灰每日一次敷在我牙齿的洞里及牙龈上。老太太最后说:十回包好,管你儿四十年牙不再痛。母亲唯唯诺诺,一气未歇地把我驮回了家。

不到一个时辰,就见母亲捧出一只粗瓷大碗,碗里盛着黑乎乎的东西,颇似我们最喜欢而又难得一吃的芝麻粉。母亲一个劲地把这糊糊往我牙齿上擦。一种极辣极痛的强烈感觉,把我刺激得在地上打滚,滚到了我睡的那张竹床底下。我紧靠着壁根,死不出来,而那糊糊也被我用手指抠除,吐掉了。母亲又急又气,但再无力气奈何我。父亲被轮派到几十里外的江段挑大坝去了,她只好跑出去求人帮忙。来了一个大汉,他只一下子就把我从床底下捞出来,然后三下两下,就把我制伏。我被他按在地上丝毫动弹不得,任凭母亲往我的牙壁上重新涂那要命的糊糊。我仰着喉咙,像只被捆实后待宰的猪一般地号。

第二天,我趁母亲又倒腾那糊糊时逃跑了。外面骄阳似火,热风扑脸。我跑到村东头那片枝干低垂的柳林边时实在热得扛不住,感到一肚子的委曲，蹲在地上大哭起来。远远瞥见母亲急急忙忙地找来了，我爬起来就跑。母亲撵得紧，我就跑得快，撵得松，我就跑得慢，若是停下来，我也就站着不动。我回头看见母亲跌了一跤，急切而吃力地爬了起来。最后，我听到她的喊声完全异样了。她的哭声仿佛一棵树桩把我绊倒，我只好坐在烫地上等她。母亲跑上来，一把就将我揽进怀里，然后又把我驮到背上。她瘦小的正怀着我的一个弟弟的疲累身子，在我幼嫩的躯体下显得颤颤悠悠。天上明晃晃的，辽阔的田野灰茫茫的，深深地刻入我八岁的记忆之中。

　　就这样，我被强逼着"吃"了十几回那黑不溜秋的艾蒿糊，每回由它带给我的痛苦要远远超过牙痛本身，使我不啻经历了一个又一个的噩梦，但令我母亲高兴的是，一痛镇一痛，我的牙痛还真被镇住。尽管我的牙齿最终留有两处缺口，但自那以后，许多年都没有再痛过了。

冬　夜

那天晚上，已是午夜 12 点了，我踏着恬恬的月光独自走在下班的路上。江堤长龙似的大致呈东西方向蜿蜒着，长江宛若银河，在堤下浮着淡淡的幽光，而在江与堤之间，柳林带充任北方那条长城的角色，在天空下守望着，似乎时刻防备着天外会有什么东西来侵袭长江、江堤和江堤下所有的人与物、牲与畜。我像被一个巨大的怀抱宽松而又紧密地护着，温暖无比。

在夜籁和月色的裏拥下，在朗朗而幽远的夜景的抚摸中，我走到了家门口，却没有同昨晚一样听到音乐声，便感到有些意外，心里下意识地闪过一丝阴影。昨晚这时候，还在门外，就听见父母房间里电唱机发出的音乐声，起先还以为这是隔壁人家的收音机在唱，但随后即断定是从我家发出的，因为我想起父亲说过要再买一台收音机的话，而且还知道买和不买都是这两天的事。一年前，我家灶屋在一场大雨后坍塌，砸坏了四年前，我因大腿骨折在安庆住院治疗时，父亲咬牙顺便买的一台收音机。屋倒了，本来是件很烦的事，而损失的物件中又加上这一件，更让人恼火。但父亲并没有太惋惜，只是说砸掉就算了，老的不去，新的不来，以后再买一台吧。父亲从小就吃了不少苦，竟来这般态度，我们也就变得高兴起来了。最近父亲看见村里不少人家这几天有的抬回了电视机，有的端回了收录机，都是一副喜气洋洋的样子，便心痒痒地和母亲商议，要再买一台收音机，并且是带唱盘的。母亲表示反对，母亲反对的原因我们自然明白，母亲说过，大儿子也就是我还没娶媳妇，两间旧屋还没有重盖，哪有闲钱买那些东西，那些人家既没有长成人的儿子，又不着急盖房子，当然要买这买那的。但母亲拗不过父亲，父亲说，不能让伢几个光看别家的事，再说有时候日子过得很闷，要是听一听黄梅戏什么的该多好。母亲也很爱听黄梅戏，父亲这么一做工作，母亲就说："哎呀，你说买就买吧！"父亲说干就干，即从商店里端出收音机和电唱机各一台，花去130块。但父亲站在街上又想，干脆开销三百元算了，便当即进商店又拿出170块推出一辆"永久"牌自行车。这是昨天下午的事情，所以当晚我下班回来，就听到让人兴奋的音乐声。

　　我的父母，是那个时代典型的农夫和农妇。最大的特点，也即最朴素的品质，就是他们从未意识到他们活在这个世界上曾经遭受过多少不公的对待。他们认为，一切都是天经地义，他们落生在这块土地上，就像一棵自然生长的树一样，苦难和煎熬都是自然而然的，不能怨天不能怨地，也不能怨任何人。父亲出生在一个家道中落的三代塾师之家，却一天学没上过，一个大字不识，8岁就到财主家放牛帮衬家用。而母亲出生才8个月大时，就送人了。他们的成长经历肯定是饱含着苦难的，然而，即使跟儿女提起来，也只是淡淡的，就好像提一棵庄稼禾某夜被初霜露寒了一下。他们像燕子衔泥一样筑起了我们这个家，又像蚂蚁搬家一样辛勤地锲而不舍地经营着这个家，更像老母鸡护小鸡似的呵护着我们长大。他们乐观幽默，豁达大度，总能把苦日子过成甜的滋味，这一点最让我们做儿女的欣赏并深受影响。在中国广袤的田野上，像我父母这样的农民，比比皆是，正是因为有了他们做土壤做屏障做后盾，我们的国家才变得越来越强大。

有个情况，我至今印象仍然很深，也觉得蛮有意思。我的父母亲虽然日子过得清苦，但生性却喜爱文艺，喜听京剧和黄梅戏还有泗州戏，而父亲更有一绝，酷爱看电影，每次只要镇上有电影放映，无论新片老片，再忙再累，他抢忙抢慌地必跑去看，而每次我都要跟着去，他甩也甩不掉，久之，村人便送给我们父子绰号——"老电影迷"和"小电影迷"。

我走到父母的房门口，见里面还亮着灯，父亲坐在板凳上吸黄烟，母亲在做针线活，两人有一搭没一搭地说着话，收音机、电唱机赫然地摆在那儿。"今天怎么没有唱？""怎么没有唱，刚歇呢，几个隔壁的听了多时才走！"父亲一边磕着烟灰一边说。我心下一阵松快。我一看插头还插着，一摸机子还有些发热。父亲又向我说起刚才所听的一种全本黄梅戏，啧啧地称赞，脱衣上床。我到灶间去吃饭，一只盘子里一边是小白菜炒红辣椒，一边是红辣椒煮黄豆，就是没有肉或鱼，就有些遗憾，但一来饿得慌，二来谴责自己有奢侈思想，所以还是饱饱地吃了一顿。我走出了灶屋门，见月光愈发地娇美，空气也异常地清新，心中就有了一种惬意的情丝。忽然想到何不去打开唱盘，放几首歌听听呢，这两天因为较忙，家里蹲的时间不多，无暇照顾一下新买的机子。父亲已经睡熟，母亲打着瞌睡，房里静静的，台钟嘀嘀嗒嗒。我打开收音机开关，又打开电唱盘，翻出几张唱片，全是独唱歌曲，这可能是二弟弄来的，除这几张以外，尽是黄梅戏唱片，其中有全本的《罗帕记》《天仙配》和《女驸马》，都是长辈们百听不厌的。但是我现在要随着我们青年人的爱好，听一听歌曲了。

就有甜甜的女声缭绕起来，在这深夜怕只有我一个在真心地静听吧。歌声把我带到盛产葡萄的新疆，把我带到辽阔而神秘的草原之夜，带到潺潺的溪水边，带到密密的森林里，带到梦幻一般的异乡，带到风情迥异的别国。歌声就这样流淌在20世纪80年代中期某个平静而祥和的冬夜，使我这个农家子弟对生活的理解开始有了一种全新的感受。

铭刻的温情

正是深秋时节,我要出院了。

春末,我在一次塌方中折断了右大腿。就像一只刚刚起飞的鹰突然失去了翅膀,我十八岁的心痛苦不堪狂躁不已而又无可奈何。住在离家百余里的安庆地区医院里,手术一错再错,折腾了好几个月,直到大腿肌肉萎缩如一根干树枝,身子瘦弱如一只病猫时,伤残的骨头才总算长连接起来。

医院是不能再住了,实在是缴不出住院的钱。我躺在一张反扣的竹床上,父亲与小舅一人一头把我往家抬。两个土里土气负重的农民,一张反扣的竹床和躺在上面用被子盖住的瘦弱不堪的年轻病人,从安庆当时最繁华的人民路的人流中蹚过,往江边码头靠近,这肯定是一道独特而忧伤的风景。我用被子蒙住头,不想看到街上的一切,那一切均与我无关。搭的是一艘中轮,5个小时后到了华阳港,到家还要走7里路。直到此时,我才偶尔抬起沉重的头来。当我看到同马大堤下正在劳作的农人,闻到田野里成熟的气息时,不禁热泪盈眶,有一种说不出的感动在心间涌荡。

刚到村口，母亲就跌跌撞撞地跑向我，边跑边高声地呼唤我的乳名，说："儿啊，你受苦了你回来了啊！"然后是一把将我抱住，弄得我半天都止不住眼泪。弟弟妹妹雀跃着奔向我，隔壁邻居们争先恐后地围上来问这问那，都是些简单平常的话语，听来却格外亲切。我被抬进了矮小狭窄的穷家，被安放在家里唯一的一张大床上。大概有十几个小孩子，光着屁股蛋子，在我家跑进跑出。他们腼腆、顽皮又有所期待的样子，在我父亲散给他们糖果的甜蜜中，才变得安静下来。

我依然日日躺着。石膏把身子箍得无法动弹。时间一长，那种心中的隐痛又泛上来了。我整天不说一句话。饭拿来我就吃，不拿来也不叫，甚至有时拿来了也不吃。没人能知晓我的心思，实际连我自己也不知晓。母亲倾家中所有换来各种营养品为我补身子，并千方百计想使我从愁闷的状态中解脱出来。看到我还是那种样子，她手足无措。两个比我小两三岁的表弟，隔三岔五地过来看我，文馨表弟还从田里捉来又粗又壮的黄鳝送到我家，让我母亲做了给我吃。兰发表弟知道我爱好文学，就在他的同学中搜罗着借来好几本小说交给我。有一天，他还弄来了一套四册本的《红楼梦》，人民文学出版社1974年版、1980年重印的那一种。这套崭新的《红楼梦》，是他花了二元四角钱从书店刚买来的。那时的两块多钱可不是小数目，我还钱给他，他坚决不要。后来我知道，那是他父亲、我的姨父给他一周的伙食费，那一周，我不知他在学校是怎么吃饭的。这套《红楼梦》现在还完好无损地收藏在我的书橱里。

我知道，我的两个弟弟、一个妹妹，每天都在关注我的一举一动，但又尽量不让我看到。他们相互之间说话都是轻声的，小心的，生怕让我厌烦。我说我要小便或是大便了，两个弟弟中的一个必会飞快地跑来。我说我要洗脸了，小妹不到一分钟就打来了热水，然后帮我擦脸。他们为我做完了，就马上退出去，除非我叫他们留下。有时我还呵斥他们，他们却跟我笑，不是装出来的那种，而是做错了事觉悟到的那种歉意的笑。现在想来，我这个长兄欠弟妹的是过多了。

快过年的时候，宋培培也来看我了，他是我初中时的同学，非常要好的朋友。他考取了安庆一中，后入安大数学系，现在安庆某政府部门负责。我在安庆住院时，他就近从学校跑出来探望过我，这次寒假回家，第一件事还是来看我，并带给我好几本世界文学名著。他抚慰了我很久，温存的话语，给我带来了一股暖洋洋的春风。

我母亲说，世上没有过不去的桥，也没有迈不过的坎，儿啊，你今后的路还很长，想开些、想开些啊！听到母亲几次三番的这样说，我心里终于咯噔了一下，一块冰开裂了。但春天还没有来，我还在等待。但我在等待什么呢？

一天下午，我正用一个小镜子反照窗外的景色，门忽然被轻轻推开，只见一个好看的姑娘微笑着立在我的床边。她是谁？我不认识，但好像又在哪里见过。我虽然茫然，但心里却也有一种甜蜜。她的神情开始有些局促不安，但很快就平静了。她跟我说她是怎么认识我的。几年前我把许多画书（连环画），送给了她那个村的一个人，她从那个人那里也得到了一本，也因此看见了我，是在那个人的家里，只不过我没有印象而已。她说早就想来看看我了，在我未出事前就准备了。我说不出话来，只感到喉咙被什么卡住了。她又坐了一会儿就走出了门，突然回过头来说，下次再来看我。就这样，留给我的，是一种别样温馨的东西。

次年，初冬，我的双脚连同年轻的心重返道路了。一个有月无风之夜，我独自散步至邻村地段，向一个熟识的人打听那位姑娘的家在哪儿。那人告诉我说，上个月她已出嫁远方了。我独自站在寒冷的空气里，渐渐感到那种空虚而充实的东西，正从遥远的地方温暖无比地驶向我的心灵。我默默地向远方祝福！

过渡的朋友

那天我应朋友邹志军之约,到他在县城办的打字社去玩。

在名曰大北门的那条相当僻静的街上,一眼望去,只见有五六家打字社的招牌在暮秋午后的风中摇晃。我都进去找了,但没有一家是志军的。对于这些打字社,算是有了点印象,觉得它们都是一样的格局,一样的除了有两三个人在闲聊外并不见有什么紧张忙碌的工作气氛。想志军青春年少风华正茂,难道就是窝在这样的地方拾人牙慧地挣口轻闲的饭吃吗?

邹志军高中毕业没能考取大学后,在好几所小学、中学一共当了六七年代课老师,教过小学、初中甚至高三毕业班的语文课,不是他的水平不够,而是国家分配的正式教师一年年地增多,以致他只好卷起铺盖拜拜,不再等待那不知何时才会出现的转正的机会了。我以为他是走出了迷津,干脆回家当一个新型的农民,或是奔赴沿海地区在异乡寻找适合自己的事做,才是他的出路。可是几个月后,我忽然接到他一封信,称正在跑码头做生意。也不知做的是什么生意,赚到钱没有,我想钱肯定是没赚到什么,因为不久我又收到他一封信,惯常的一番苦楚、愤懑相叙后,笔锋一转,说已回到县里,在县城租了一间房子自办了一个只有他一个人上班的打字社,希望我有空一定光临。

我又跑到小北门去找,在那条颇有些坡度的石板铺路的窄街上,抬眼一望,只见有一户的门檐上插着一幅颇类古时酒家的旗幡,刺目的红色的布面上写着几个醒目的白色大字——"乌衣巷打字社"。觉得有些意思,要是旁边有个"朱雀桥"就更有味道了。心想这家一定就是了。一进门就看到一张大床,堆满了这个文学爱好者到哪里都要带的名家小说、散文之类的文学书籍,《海子诗歌全编》也赫然在列。还有几页方格稿纸,上面工工整整地录着两首诗,他的大作。几把椅子、凳子上,乱七八糟地堆着许多没切好和已切好的用于油印文件的白纸,绿色的专用打印纸版,则像青荷叶被暴风吹翻一样,纷披在好几个地方,不过一张不算大的桌子上没有,因为它上面放着一台老式电脑、一套中文字模和一架油印机。乱是乱了点,但这可能就是20世纪90年代私人打字社里面共有的特色吧。

纸烟一根,淡茶一杯相敬毕,志军说:"你暂且独坐,我这儿忙完就好!"他正在打一份某文学社团的刊物,据说完了可得酬金60元,已忙了两天了。我问一天能够揽到多少活计,他说由于地点过于偏僻,又是新来乍到才开张不久,难有找上门的生意,要靠到一些学校、单位里面去招揽,加上这儿的几条街上打字社已多于雨后春笋,而他刚刚学又只会打字,所以只能碰巧联系到一点活计。我看到他脸上有明显的疲态,甚至额头上还有一两抹未擦干净的油墨。

过了一会儿,志军忽然抱起一捆纸:"走,跟我到印刷厂去切纸,不要钱哩!"可是到了印刷厂,他要依赖的熟人不在,真是鬼使神差,有一个高个子青年居然要帮他。到了车间里,这个青年向另一个矮个青年说:"哥们,帮一回忙,这是我的一个老熟人!"矮个子说:"小意思!"

147

接过纸却说:"啧啧,买这等又旧又皱的纸干什么?不好切啊!"高个青年即向志军示意,志军领会,急将两包市场比较紧俏的"合肥"香烟塞入矮个青年的腰包,矮个青年似浑然不觉。志军欢喜地抱着切好的一大摞纸和我回到打字社。不料,他要找的印刷厂的那个熟人,也就是他的房东正在家,房东轻轻淡淡地说:"孬子,切那么点纸,顶多只需两块钱,你却恭敬了人家五元多!"两包"合肥"是五元二角钱。我很愤怒,即兴往空大骂了几句,志军自己倒是显得平淡,"算了,算了,莫跟这些小人计较"。

志军把门一关,把我拉至一家餐馆,吃牛肉。他说:"他妈的,在村里想吃牛肉便宜得很,可这里一小盘就要好十几元!"我知道他是因刚才的事怄了闷气,此时也要发一发。我小心地问:"你这工作到底怎样?"他一笑:"这岂是长久之计,过渡一下吧。"又郑重地说:"人生是船,工作是桨,总得找到一副称手的桨不是?!"

但称手的桨何在?他的人生之船又将漂向何方?我知道他心里其实是一片迷茫。我觉得他是有些才的,也一直在动着、积累着,但愿他能够尽快找到一份真正适合于自己的工作,然后热爱它,自始至终!

"光阴荏苒真容易",一晃十几年就过去了。一天,我正在厂办室弄一份烦人的材料,电话铃声骤响,很不情愿地拿起话筒,听到对方叫着我的绰号,才知是他这个久违的故人。令我惊喜交加感慨不已的是,这个多年来一直下落不明的家伙,十年前就已从皖省去了浙省,居然已是一家地级市晚报的首席记者了,工作嘛,自然是呱呱叫的。我仿佛看到一个场景:邹志军正摇划着一副颇为称手的"兰桨",把自己那艘人生的"桂棹"催动得风生水起。

乡村会计

当我在学着思考"三农"问题，以及在搜寻和回顾乡村往事时，就想起了乡村会计。我无意着眼于乡村会计的本职——算账、理财上的事，而只沉迷于弥漫在他们身上的人文精神；他们是一幅怎么也绕不开的风景画。

旧时，乡村会计是地主老财的账房先生，他们靠着一把黑漆算盘，在东家登堂入室，在田间地头十分自信地迈着方步。想象中他们有两点似是笃定的：一是他们瘦而长的个子，戴着老花镜，很迂腐的模样；一是穿绸衫，戴礼帽，去为东家收债，为虎作伥，很凶恶的样子。两种形象矛盾地交织在一起，使他们成了村民的灾星。但实际的情形未必个个如此，我的伯祖父陈盛江公就是一个相反的人物。他受雇于邻村的一张姓大地主家，他既不戴眼镜，也不着长衫、戴礼帽，而且从不干上门收债的事，一副不迂不凶不卑不亢的和善样子。据说他不去上门收债，是与张地主有过约法三章的，这当然是基于他的内功即会计水平的过硬，村里至今仍有老人啧啧称道，说他双手同时打算盘，打得滴水不漏，在方圆数十里内堪称一绝。他的可爱处在于极喜极善讲笑话，讲笑话时，全然一副板着面孔不苟言笑的神态，这就使他讲的笑话每每达到令人忍俊不禁的效果。应当说，他对人生的道理和生活的意义有着深刻的领悟，但结局却出人意料，恐怕他自己做梦都没有想到，土改时他被划成地主成分，和他的东家一样。一个账房先生被划成了地主成分，作为他的后人，在时过境迁已不讲成分的今天，我无意考查其原因和追究其对错，我只是想指出，从前，在某县某乡某村，在民间，有一个乡村会计，他那么鲜亮又那么黯淡地活过一场。

小时候，我常常看到村里的一个梳着大背头，穿戴十分整洁的大会计（大队会计），带着十几个小会计（生产小队会计），每人腋下夹一把算盘，走在村道上，去某个小队进行财务会审。在我当时的心目中，他们是一些了不起的人物，觉得以后若能成为他们中的一员，会使父母感到光荣。我家多多少少沾过这个大队会计的光，因为他是我的大舅父。殊不知，舅父只上过四年小学，却凭着聪明伶俐，善处人事，红红火火地干了30年。他也是一把铁算盘，曾在全县农村珠算比赛中荣获第三名。早年，我对他异乎寻常的亲近，缘于他是一个文学传播者。他常常在夜晚将我们这些外甥们召集起来，大讲聊斋鬼故事，大讲水浒造反故事，直把我们听得又惊又怕又兴奋不已。他最佩服的人是农民作家浩然，他常说浩然也只念过四年小学，竟写出了《艳阳天》《金光大道》。我念初中的那几年，他的会计室常常是我光顾的地方，那里摆有十几种报纸，还有《人民文学》《安徽文学》等刊物。我常旷数学和英语课，跑到他那儿去看报刊。他有时也找我借书看，看后总是在书中夹一张写有"舅父大人已阅过"的纸条。他的文字功夫在乡村里可算是出类拔萃的，尤其是信写得好。写给台胞陈久华先生的家信最初的十来年就是由他"包干"的。给陈先生写信的难点就是要用繁体字写，仅此一点就非他莫属了。几封信写下来，陈先生就来信对家人说，史先生的文化水平很高，信写得太棒了！

　　乡村会计就是这样一种人：他们没有文凭，没有职称，却吃着脑力饭，身份纯粹是农民、庄稼佬。但因常与算盘打交道，与阿拉伯数字打交道，成了"数字专家"，又因身上透着民间文化的热情、灵气，成了"乡村知识分子"。他们这些人几乎有一个共同的习惯，冷不丁搞出一个难写或难念的字考考后生。近日就有一位中年会计问我树 miao（念"渺"）的 miao 字怎么写。我武断地说，这个字只存于口头，是土音，书面上只作"梢"。他就写了一个"杪"字。回家翻《现代汉语词典》，果然有"杪"这个字，意思就是树梢。

　　这就是乡村会计，一群不被正宗文化人认可的独特的乡村知识分子，就像树杪一样，在乡间广袤的泥土上，朴素地呈现着自己的高度。

惟玉之殇

在我们活着的每一个年龄段，都难免有熟悉的年龄相仿者几乎是突然地逝去，就像万米竞跑中难免有人在跑道上掉队乃至离开，而这是没有办法的事。

18年前的那个夜晚，当文友易辉对我说他的同学曾惟玉死了的时候，我惊得半天说不出话来。我初中毕业就离开了学校，一直无缘与曾惟玉谋面，我是完全从他的高中同学易辉的口中熟知他的。易辉平时说起他的事来总是如数家珍，说他如何聪慧，如何成绩优异，如何人缘好，又如何深得老师的喜欢等。易辉的情绪着实感染了我，便总想结识他一回。然而却传来了他的死讯——尚差几个月才满18岁、接到高考录取通知书才几天的曾惟玉横遭不测，遭雷击而猝死，这太让人不可接受了！那天晚上，我们沉浸在莫可名状的伤感中。

第二天早晨，我同易辉一道前往死者的村庄。曾惟玉生时我想见他却没能见到，是个遗憾，现在无论如何也要去看一看他，也算是送他最后一程。我们从平原地带赶到丘陵地带，需要半天时间。在中巴车里，易辉又跟我补讲了惟玉的一件事。他说，惟玉在村里一如在学校里一样人缘极好，更是个大孝子，从没有违拗过父母的意愿。就在边劳动边等待高考结果的这段时间，父母还给他订了一门亲事，姑娘是同村人，比惟玉大3岁。因为早些年双方父母互有过恩惠，两家都重情义，便订下了这门亲事来稳固和延续两家的交情。易辉说，一个星期前，惟玉写了一封信给他，信中说："父母都是近70岁的人了，父亲身体又很不好，我是他们唯一的孩子，我必须接受安排。虽然姑娘不识字，好在性情温和，人长得也不丑，又勤快能干。即使我上了大学，这门婚事我都不会变。希望你不要笑话！"听了易辉的叙说，我的心如同汽车一样颠簸着：一会儿因为感到不可思议而高悬，一会儿又因为有些理解而陷于沉重。

上午11点钟，我们终于到了死者的村庄。一走进村子，就感到了一种由惟玉之死所带来的异常气氛。在一处树荫下，有几个老者在谈论着什么，时而听到间杂在话语中的叹息声。看到我们走来，他们停顿不语；我回过头去，看到其中的两个老人正对着我们的背影抹眼泪。而在一户人家的门口，有几个不懂事的孩子因为打打闹闹，被做娘的喝止。恶毒的阳光罩得暗红的泥土路发烫，我们像走在遥远的路途上。这儿的房子都是建在高坡上，都是一律的土砖壁、小黑瓦，远远望去，高低错落，成片不成排。这是一个贫穷而古朴的村子。我们朝着有哭声的房子走去。

12点钟光景，远地的亲戚，村里的干部，还有惟玉初中时的几个老师，现在的班主任老师、数学老师以及十几个同学都陆续赶来了。一口质地不是很好的黑棺，原是为惟玉体弱多病的父亲准备的，却盛殓了黑发人。没有哀乐，没有悼词，这些都来不及为夭折者提供，似也不宜采用这些形式。哀乐和悼词只在大家的心中隐隐响起。死者的老父老母在入殓和起棺的那一刻发出了惨绝的哀叫声。我从未听到过这样的令人战栗不已的悲号。

惟玉就葬在离家不远的一处山坡上，那是集体时分给他家的承包山。

山坡上有几棵松树、柏树和十几棵板栗树。从此，这些树们将与小主人朝夕相伴。想必惟玉小时候就经常来这里玩，上学后的假期也会经常拿本书在上面盘桓。山坡的下面有一块面积不到半亩的水稻田，绿油油地覆盖了青禾，这是惟玉家的责任田。惟玉就是在这块稻田里拔草时遭雷击的。当雷雨到来时，他拔草正拔到一畦田的一大半，他直起腰抬头看了看天空，准备将剩下的一小半干完就收工，但就在他重新弯下腰的时候，那横祸飞来。据说，他遭雷击后仍保持着低头弯腰的干活姿势，好像一尊没有经受过痛苦的雕像。

将惟玉葬毕，大家都慢慢走下山坡，快到坡跟时，突然从惟玉的坟那儿发出一阵撕心裂肺的女子的哭声。大家都停住了脚步。远远地只见一个女子，伏在惟玉的坟上，有两三个妇女正拉着她的胳膊。但她们拉不住她，她死死地扒在坟上。我们断定并很快得到证实，她就是和惟玉定亲不久的未婚妻，一个虽无文化，但心地善良的村姑。希望和憧憬，在没有任何征兆的情况下，就突然地破灭了，她内心所承受的悲伤和痛苦，是可想而知的。

盛夏的火风熏得人心里直发慌发毛。我们这些送葬的人，还有地下的死者，都在默默地听着那村姑的泣诉。

诗人杜圣魁

那时我一家住在一所矮湿的平房子里，房子的三面都是水塘，一年四季总见满塘的水；春天下雨时，塘水漫上来，将房子团团围住，我们就像住在一座孤岛上。那时我的女儿刚学走路，见了门口的水就往下冲，拉都拉不住，我只好抱着她不放手。处在那样的环境中，真是把人烦死了。百无聊赖中我就指望着有人划水过来，但谁愿意那么麻烦地过来呢？

又一个雨天，黄昏，淅淅沥沥的雨处在短暂的休整状态。坐在门槛边的我有一种说不出的落寞感。忽然，我感到有一双无形、潮滑的手交替地抚摸着我的脸庞，仓促却又温存，这样的抚摸使我有一种难以忍受的不安。我猛地立起，又忽地坐下，仿佛被一颗子弹击中，而在我怀中的女儿也被惊得哇地大哭起来，仿佛那颗子弹穿过我的身体后又擦伤了她。

我知道，我想起了亡友杜圣魁，或者说杜圣魁想起了我。

而雨又下起来了，浓化了我的惆怅之情。水的那边，一群湿透了毛的公鸡和母鸡弓立在一堆柴垛下，一副疲沓无奈的神态。时间似已停顿，水好像又涨了几寸，浑浊的概念或浑浊的颜色，犹如舞厅里暧昧不清的灯辉。

　　这时，就看到了杜圣魁的出现，像浊流中的一股清泉溢来。同往常许多次一样，他两腿像鸭子似的把水划得哗哗直响，老远就高呼我的大名，弄得水外边我的那些邻居们都知道我家又来了个诗友。我在门槛边加只板凳，我们就坐在那儿侃诗（坐在我怀中的女儿就算是"听"诗吧）。他很不屑，我是说他又直奔主题地表达着对某某的"潮"诗又发了一首的不满情绪。牢骚甫定，便掏出新作三首，请我提点意见，并说："我不相信我的作品就比别人的孬！"他来自皖北，口音在我听来颇有些侉味，富有感染力。其时乃20世纪80年代末，不管读诗的人还有多少，写诗的仍是多如过江之鲫。我那时除了在市报上发过一篇小散文外，所投诗稿百分之百皆泥牛入海，而他却是颇发过几首的。我知道他的脾性，如果不对他的诗提出意见他就说我看得不认真，但提多了，他又要说我毕竟是写散文的对诗不怎么行。但这次我和他都出乎我自己意料地说他的那组诗真是太棒了，拿到《诗刊》上去发表也不比任何人的逊色。结果叭的一下他站了起来把我吓得一跳。"你真是太有眼力了，这是我最满意的一组诗，我现在就回家抄一遍，明天寄到北京去！"他一阵风似的又哗哗划着水走了……

　　"发什么呆？你吃不吃饭哪！"是妻子的喊声。我一惊，揉了揉眼睛，原来我又作了次睁眼梦，杜圣魁去世已有两年了。桌上一瓶啤酒已经打开，冒着白花花的泡沫。我站着不动，又一百次地想一个问题，如果那天我不瞎夸他那三首诗很棒，他会不会当天夜里异常兴奋地誊写诗稿呢？如果夜里没有誊写诗稿而致疲倦，次日是否就会躲过灾难呢？他是在第二天清早骑着摩托车与一辆汽车相撞，当即告别了这个世界的。

　　那时他已成家三年了，据说夫妻关系不怎么融洽，不知是不是诗与柴米油盐的矛盾所致。但我一直认为他是一个优秀的人，一个不媚俗、不服输、不虚伪和有恒心、有大爱的人；而这样的人我现在见到的很少。

如果他还活着，也许已经有了很不错的诗名，我相信他是不会放弃诗歌的，因为他不是沽名钓誉而一旦遇到挫折就逃遁的人。现在不知他在那个世界的何方流浪，是不是也碰到了一个像我这样的他诗歌的第一读者？

那天的傍晚，我就在怀念杜圣魁的状态中无法抽身。吃饭时我还在心里对他讲了这样一段话："圣魁，我现在依然很穷，四周的水依然围困着我，但我还没有违背我们这些人的初衷。这里有我的家庭，有我的刚启盖的啤酒，它的白花花的泡沫曾极大地助长过我们共同的诗心，现在仍不断激发着我。而这个春天的有雨的黄昏我被一双手抚摸着脸庞，像被一颗子弹击中，我知道是你在向我打招呼了！"

从那时起又过去了许多年。现在，我已人到中年，我的女儿也已经大学毕业了。又一个清明节来临，一条怀念的伤感之路正向天际铺设，我再一次把杜圣魁的一首有自谶意味的遗诗抄了一遍，让它化成火与灰，由风寄给他——

　　风的鞭子，打着得意的口哨扬长而去／你倒下了，来不及回味倒下时的壮美／或许你该以动人的姿势舒展四肢，和老树一起腐烂／／一首呜呜唱着的是哀歌还是颂歌／坠地时的隆响是终结还是开始／当鲜血染遍大片夕阳，尚存一息／你毅然抬起头颅，蹒跚着只带走一粒松子／走进一爿没有泥土的石谷／后来，当九十九具白骨风蚀殆尽／人们只发现一棵挺拔的红松／那是你倒下的地方（杜圣魁《探险者》）

纪念一个农民

这个农村汉子，他死去将近30年了吧。我想，要是现在他还活着，就会和亿万农民一样，活在切切实实的希望中，因为，他肯定也会破天荒地开始享受到不用缴农业税的实惠，还将会逐步享受到自己生病、孩子上学不交钱或少交钱的照顾。可惜他死得太早，这一切他都见不到了。

记得他死的那天是一个炎热的夏日，我忽然听到一里外的小学校附近响起了一阵鞭炮声，并且裹挟着哭声。有个扛着锄头的村人打我家门口经过，说老五死了。

印象中的老五45岁左右的样子，生着一张瘦削而枯黄的长脸，上面深嵌着一双永远潮湿的沙眼，很近视；这张脸和这双眼睛就像蕴藏着永远也说不完却永远也不愿与人说的寂寞和荒凉。他的身板原很高大，但永远是裹着补丁摞补丁的衣衫，一双洗得发白的黄球鞋。他有四个孩子，都未成年，大的才15岁。老婆死去也才两年，据说这个女人是喝农药自杀的。

中午左邻右舍端着饭碗聚在屋场上说着老五的死。有的说他是病死的，身患几种疾病，虽借了些钱去治但钱很快花光，终至无钱再治，死在医院里。有的却说病不过是诱因，主要是想不开和他堂客走的是一条路。古时刘备说"人寿五十，不算夭折"，可为人之父的老五还差好几年呢。女人们一说到他丢下的那几个尚未成年的孩子就不禁抹起了眼泪。

　　老五的家在公路边，那两间最破旧的土砖屋就是。这儿充满着丧事中特有的鞭炮、香烛和纸灰的浓重气味，闻起来使人难受。老五的尸体停放在大门外的一侧，紧靠着公路。气息全无的老五面对着蓝天背对着泥土，这个仅活了四十几年的可怜人，这个典型的农民，和所有的农民一样，具有憨朴、耐劳、坚忍的品性。他从落生在世上的那天起，直到死的这天止，一直没有停止过纳税。他一生无数次扛着被褥出门，去参加挑堤、开河等繁重的义务劳动。但所有的承担、所有的遭遇、所有的劳累他都觉得是天经地义的事。也许他羡慕过城里人的诸多国家保障，但他却并没有想过这有什么不公平，而只想着要好好地干活，要好好地生儿育女，要好好地把家撑起来，以便老了有儿赡养，死了有儿送终。

　　在几个孩子的啜泣声中，人们绕着尸体缓缓而过。用手帕揞着眼鼻的女人，从孩子们跟前过去时，都忍不住掏出三五块钱按到他们手上，那些可怜的孩子便跪下来。我靠近了死者，他那用白床单完全裹着的身躯显得比活着时小得多，头部的一侧摆着一只杌凳，上面搁着一只碗，碗里盛几只带壳的熟鸡蛋，蛋之间插着一束轻烟直冒的香烛。这不知是生者用以飨死者还是敬催命鬼的。绕过了这些，我心里正处在一片空虚的苍白状态，没有注意到四个戴着用白布扎成的孝帽的孩子环跪在我的脚跟前。他们脸模身段都酷似死者，几年前他们失去了母亲，现在又失去了父亲，年幼的他们将何以为靠？他们的几个直系亲戚，一个姑妈，家在百里之外，平时对他们来说是远水难解近渴；两个叔叔，不是自家日子过得紧巴就是婶婶不好说话。陶渊明诗云"亲戚或余悲，他人亦已歌"，现在这些姑姑、叔叔和婶婶们都在这儿忙碌，悲悲戚戚，亲情在这种意外的灾难面前已经占据了他们的心，只怕这种亲情在忙过丧事以后难以长久地体现出来。

天气闷热，次日早晨就出殡了。数不清的村人站在马路上，望了很远很远，也说了很久很久，说死者，说生者，最后就慢慢散了。而老五的几个孩子后来也磕磕绊绊、糊里糊涂地长大了，村庄里许多孩子都是这样长大的。

有一个农民，他叫老五，他曾经生活在这个世界上，于贫病交加中死去，他是这个世界上一个匆匆的过客——现在我只记得这些，我也只是偶然想起他来，仅此而已。他是否有过憧憬，有过欢乐，有过雄心壮志，均不得而知。这个清明节，我就借甄华的几句诗纪念纪念他吧——

　　现在你在想些什么／当你已经不需要再为生计忙碌？／这是个谜，永远是个谜／就像我们永远不能再找到／你在这个世界／曾经那么清晰的影子……

最高的位置

秋末的一天，门外有个陌生的声音连连唤我父亲的乳名。我们好奇地跑出来看，只见有一个人，高挑的身材，剃个平头，发楂子有不少是白的，六十开外的样子，一脸的风尘仆仆，站在门口欲进不进。他见到我父亲一把就搂住，念叨着："老三啊，我终于又见到你了……"这人是我父亲的同父异母哥哥，我们此前一直都不曾听说的一个人。他来自新疆，这以后我们就呼他为"新疆大伯"。

"新疆大伯"的身世相当凄惶。约生于1928年前后的他，五岁时，即被我的塾师祖父过继给了我的伯祖父为子。他是我祖父当时唯一的儿子，缘何我祖父不考虑自己这一房的香火，难道是坚信自己就能再生出二儿三儿来？我不得其解。我那伯祖父是个神算子，算盘拨得似排山倒海，初看到的人无不一惊一乍的。这样的手艺，自然有财主抢着聘他，最后他选择到三乡两镇最大的财主夏世昌家做了账房先生兼管家。那可是相当有里子有面子的差事。因了这差事，他家也变得富有起来，家里的土地也由原来的三五亩增到了九十亩。只是膝下无子，唯有两女，为

161

此他常在我祖父跟前大叹时光易逝，人生易老。我祖父当然明白兄长的意思，便把自己当时唯一的儿子过继给了兄长当儿子，这之中当然有一些程序和场面，如请家族的本家叔伯兄弟过来作证，办酒席，等等，至于是否有文书，不得而知。一个清寒的塾师之子，就这样摇身一变，成了一个地主少爷，等待着他的便是锦衣玉食快活一生了。

然而到了他十二岁那年，一代神算子、我的伯祖父死了，他滋润的少爷生涯随之戛然而止。就在这一年，家中九十亩土地也因无人管理，由我的伯祖母贱卖给了我伯祖父的雇主、大财主夏世昌（此人后来被镇压）。20世纪50年代初，他作为家里唯一的男丁，虽已无一分土地可继承，但还是被划为地主成分。慌乱迷茫的他逃离家园，在江南的东流一带混日子。过了两年，又沿着援疆人员行进的路线，辗转跑到了新疆，最终落脚在昌吉，成了一名农场工人。这个老实人，心中有事，是难以让自己安逸的，经过一番思想斗争，他如实向组织交代了自己系"逃亡地主"。组织上没有开除他，只予他"留场查看"处分。不过场里一开批斗会他就是挨批斗的对象之一，常常被弄得狼狈不堪。但由于他态度好，干活很卖力，又考虑到他识些字，组织上宽宏大量，安排他当了仓库保管员。

因为太勤快，太想博得人们的好评，他每天上班总比别人早，下班总比别人迟，事无巨细，都抢着干，甚至偷着干。仓库里有一座领袖的半身立体瓷像，敦敦实实地置放在一张非常扎实的大桌子上，平时用一块红布盖着，只在开会或举行什么活动时才由干部把红布掀掉，结束后又重新盖上。本来这样挺好的，但是作为仓管员之一的他，每天却要动动它——早晨，他趁别的人还没来，就扫地，抹桌子，抹自己的桌子，抹别人的桌子，更抹放着领袖瓷像的那张桌子；抹桌子就抹桌子吧，可他偏要把红布掀开，抹领袖的瓷像。抹就抹吧，抹看得到的所有部位不就行了，可他还要把底部抹一抹，这样就需要用一只手搂抱起瓷像，好让另一只捏着布的手去抹。有一次，失手了，瓷像斜落在桌上，背部被磕掉一大块。那天他被五花大绑，被众人打得死去活来。本来是要送去蹲大狱的，幸好场上有个主要领导是安徽老乡，给压下了。仓管的工作是不要他干了，那就让他淘厕所吧，就一直淘了20年。

他一直都没有成家，没有女人愿跟他，他也不想连累人家。他几十年的日子过得卑贱却平实。直到退休，在强烈的思乡之情驱使下，决定回到故土，回到一直没有联系过的老家华阳镇。

他死在回乡后的第四个年头，死于腿骨折和痼疾发作。临离开这个世界的最后时刻，他把我们唤到病榻前，好久才听清他反复念叨的微弱的声音："不怨，这个世界……谢老天爷赐给我，阅遍沧桑的机会，最后，能死在老家……好了！"我久久不相信这个没有多少文化，当过几年地主少爷，成年后一直生活在底层的将死之人能说出这样的话，但确确实实是他的临终之言。这个鳏居一生的老人，饱受过动荡和忧患之苦，却无怨无悔，而只有在死的那一刻才曝光了他的深刻，才展示了他平凡的无声的伟大，以一种平静宁和的方式——死，把身在低处的自己升到了最高的位置！

他的临终之言就像春阳一样朗照着我的心扉。此后，我有意无意地都在向他学习。面对生活和工作中的一切，我都能豁达地迎候，大度地承受，努力把身在低处的自己升到最高的位置。

从现在开始

1980年5月自始至终都没有雨,甚至没有阴云。但我的心绪却像是阳光下的阴影,主要原因是几个月前我被学校"开除"了——我们班上一批考分较高的农村户口的学生升高中的名额被一批考分低得多的商品粮户口的同学取代了,而我就是被取代者之一。几个月来我沉浸在无望的愤怒和忧郁中,感到身份的不公平原来早在我们出生前就被父母确定了。天气好得不能再好,而我的心绪坏得不能再坏,关心我的人说我这样下去恐怕要出事。这简直就是一个谶语。那天兴修江堤工地上人来车往,十分繁忙,在繁忙之中发生了一起塌方事故。只有一个人倒了霉——我的右大腿被土块压断了。

我躺在破茅屋里那张属于我的床上不能动弹。我灰透了心,不想看人,不想作声,也不想吃喝。没有人敢打扰我,包括我的母亲,她只有眼泪和叹息。20多天时,村里的一位老头将自己的一把竹躺椅主动借给我,父母亲小心地把我从床上扶到椅子上,然后把我连人带椅抬到屋外的一块空场地,好让我呼吸一下新鲜空气。其时已是5月底,苦楝树已结了很硬的果子,但还是绿的。我不作声,他们也不好作声,每天都是把我搬出后就立即离开。但我总觉得有影子在我背后晃动,我知道他们都在门框边或窗子里,偷偷注视我,有时候是父亲,有时候是母亲,有时候是放学回来的弟妹,他们似乎都做了分工,必须时刻让我在他们的视线里。这一天,他们又把我搬到门前的空场,他们刚走,我就用一只好脚落地,极艰难地将躺椅挪到他们"监视"不到的角落。我知道他们始终注视着我的行动,他们差不多就跑上来帮忙了,但终于还是没敢出现。

现在我一体会到身为小农民的父母那时的心情就感到很惭愧。他们的一个儿子的腿断了,而这个儿子的性情变得异常暴躁和乖僻;他们的这个儿子未老先衰似的被社会被命运扔在一个角落,就像稻田里的一颗打剩下的稻粒被踩进泥里。这可怎么办呢?而那时我的情绪只纠缠在"不公平"这三个字眼上,什么也不理睬。天光下我躺在自认为谁也看不到的一个角落,虽然捧着一本书,但眼睛却一眨不眨地盯着一株草发呆。母亲跑过来唤鸡猪什么的,可怜的憔悴的她只不过是借个由头来看看我在干什么,我装着毫不知情。

终于5月走到了尽头,5月的温暖和暗淡也达到了顶峰。我已经垮了,我的精神,我的信念。我计划结束自己的生命,方式却没有选定,其实并没有考虑过这个必须的步骤。那个下午的5点到了,这是我认为的最合适的时间,我不能再拖了。没有一丝风,四周静极了,苦楝树上偶尔发出的鸟叫声更映衬了这种静。忽然我觉得四周好像同时发生了一件相同的事。一种似乎是经由黄、红、褐三色配制,而以黄为主色调的光,极柔和极安详地将近处的地坪、柴堆和远处的堤顶、房屋、树梢罩住。而且在物与物之间的空处又浓又薄地溢满着这光。同时似有一种音乐的声音从水面升起。一声已动,四物皆静,使这光的色调更得到加深,但决不炫目。从来没有遇见过这样的光色,这样状态下的景物。我有一种非常的感受,不是震惊,也不是惶惑,而是温馨。这时我忽然听到有人在轻轻说话:"真好啊!"我慢慢回头,没有发现身后有人。原来是我自己在说话。我知道光源自于太阳,但很低的太阳被房屋遮住了,我无法从椅子上起来去看它。

偶然而又必然的光就这样滞住了一个生命迅速下滑的步伐。

我坚挺起来,一种既柔和又明亮的东西第一次填进了我的心中。我不禁感到羞愧,为受到一点点"挫折"就轻生的荒唐念头。我对自己说:"你还只有18岁,一切还没有真正开始呢!现在正式开始吧!妈妈,我想吃一碗红烧肉,行吗?"我转过身来,我已经感觉到母亲就在我的身后。

第五辑　朴素的幸福

坚守精神家园

我非常喜爱"精神家园"这个称谓。它是名词或形容词？它关乎文明或灵魂？它是此岸或彼岸？这些似乎都是问题，但都不重要，重要的是它使你形而下的常态能够耸起形而上的高度。

我们的精神家园就是书，或者说，书是构筑我们精神家园的全部要素。而最初的书本却是大地本身。渐从茹毛饮血，继而钻木取火的状态中睿智起来的人类，对着大地上的石崖、沙滩、树木、岩壁，划出了线条、方圆、棱角和天启之思，后来改在动物的甲骨上划，在特意采制的竹片和丝帛上划，划出了情爱、艺术和文明的突进。

书是享用过一次就回味一生的精神圣餐。我们应当这样想，当你手捧方寸之书的时候，说不定就是已将宇宙最深之奥秘捧在手了，接下来你只需要以一种恰切的方式去打开它就行了。设若没有书，人类的思想将何以寄托？何以与宇宙的本质对接？一代代前人为此筚路蓝缕，不断地在这块精神的园地上开种，就是为了让一代代后人继续拾掇和收获，期望有一天能够与上帝直接对话。

但是现在精神家园面临着荒芜的危机。书已成为一些人嘲笑的对象，成为一部分暴发户豪宅的装饰品，成为充斥市场的假冒伪劣产品。"拜物教的侵蚀，犬儒主义的盛行，崇尚物质的占有和享乐，酒池肉林，娇妻美妾，香车豪宅，千金买笑，千杯买醉"，使我们的精神家园遭到了严重的侵蚀。这就是我们拥有荷马、孔子、庄周、陶潜、莎士比亚、尼采、凡·高、曹雪芹、马克思、陀思妥耶夫斯基、爱因斯坦、鲁迅、卡夫卡等无数先辈的家园吗？！

我们应该也必须坚守的，就是人类据此得以生存并永远据此延续生命的灵魂——书所展示的精神家园。精神家园不拒斥物质，但绝不被物质所左右；物质的潮起潮落，总被它手上的琴弦轻拢慢捻地抚平。它让我们体会到，书籍和读书最大的好处并不总是在于我们记住了书本身，更重要的是给予我们的启示；"一本好书就像一盒火柴，总有一天会点燃蛰伏在我们心中的炸药"。背离书和书所创造的真正思想，自断通向精神家园之路，成为一阔脸就变失却灵魂的飘浮之士，难道不是非常可悲的吗？

我是一个极普通的人，是一个几十年来固守在一块土地上的农民和工厂打工者。我没有受过多少正规教育，但却幸运地拥有唯一不渝的爱好，这就是爱书并始终与其为友视其为亲。对我来说，与书为友，并非为了寻求一份所谓的快乐，也并非为了要抓到什么知识的秘方而以此为利器去猎取一份功利。我谨记住一位先生的话："我们可能贫穷，在社会上被排斥，然而在书里，我们却可能置身于世界上最理想的社会中。"由此我想说，充满书香气的家庭是可敬的，但充满书香气的家庭未必就是贴着墙纸铺着地毯排着满架书的华堂。

我时常怀念那些与书相濡以沫的经历。16岁那年的冬天与几个伙伴去打狗，折腾到半夜就要有所获了，但我突然感到很乏味，原因是我突然回味起一本如今没有多少人能记得的叫《破晓记》的书来，那回味的愉悦感一发不可收拾，激发着我一个人单独跑回家，急不可待地找到这本翻破了的小说，忘我地重看起来。几年来我买过三次陈忠实的《白鹿原》，前两本均系盗版本，为此一直若有所失，今年终于买到了正版本。我就置身在这样的精神家园里，不停地被召唤，又不停地被放逐，始终有一根金线将我紧紧牵住。在这个世界上我如果有过背叛，那绝不会是书，绝不会是寄托了我生命的精神家园！

如果你现在身上多了一样东西，比如正义感、平常心和同情心，我想，那一定是你的精神家园培植的。坚守精神家园的人，一定会懂得、获得并坚守住真正的爱！

先哲在途中

一种义无反顾的姿势，与生俱来的行动——"在途中"，充溢着宿命的悲壮的色彩。

在途中奔波的人像普照大地的阳光一样流淌在道路上。为获取生存下去的物质不断走在途中，这是一种迫不得已不可轻视的存在。而另一类在途中奔波的人，是一群精神的自我放逐者，是文明发展的轮子，其苍凉和悲壮高标独具。

"飘飘何所似，天地一沙鸥"，这是永远在途中奔波的杜甫的无奈，注定他成为"诗圣"。陈子昂站在高处长啸："前不见古人，后不见来者，念天地之悠悠，独怆然而涕下！"这是地球在宇宙的空间行进途中人类发出的"天问"之一。"云横秦岭家何在，雪拥蓝关马不前"，韩愈在被贬途中如此叹息。还有前往海南岛的苏东坡，前往新疆的林则徐……苍凉，只有苍凉，充塞着他们在途中的艰辛和无望。

眼中总抹不去两千年前的那一幅图景：孔子和他的弟子周游列国，马车腾起的尘埃至今未能落定。那种豪壮和坚韧，那种苍凉和狼狈，足可使中华文化增色和蒙羞。我有一个荒唐的想法：如果孔子不去复什么"周礼"，不去讲什么"儒说"，而是换一种方式，将他的三千弟子组织起来，手持兵器，振臂一呼，那么星星之火就会燃遍华夏，如此孔子不就成了一代君王吗？！可他老夫子根本就没有想到这一茬。他只选择了学说，只选择了竹简和三寸不烂之舌，只选择了"在途中"，因而在荒草萋萋的中原大地，在列国的城池上他只能一次次碰壁。但他不到黄河心不死，这就必然使他在58岁那年，碰得头破血流，并使公元前493年成为中国历史最早的伤痕之一。

这是一幅怎样的图景啊——车辚辚，马萧萧，古道西风，残阳若血。那天夜里，宋国权臣司马桓魁，把孔子师生追杀得七零八落。黑暗中文弱而小小的队伍终于聚拢在一起，但还有一个掉队的弟子拄着一根木棍，正在别处向一位老者问路，那老者说，刚才确实遇见一伙人，愁容满面衣衫不整斜躺在郑国的城门外，"内中有一年长者，气质虽如尧舜之臣，但神态有如丧家之犬！"孔子听罢转述，心中受到极大震动，面对众弟子他突然跪下。他沉郁地说："你们随我四处漂泊，郁郁不得志，非常对不起大家！"师生相跪而放悲声，这悲声伴着风声，在中原大地上颤抖。继续在途中奔波的孔子心中那种说不清的歉意是那样的深切，以至当鲁国诏传冉求回国任职时，这位老夫子几乎高兴得手舞足蹈，半是自豪半是无奈地感叹："吾之弟子若群星璀璨，冉求，中之一颗也！"

"天不生仲尼，万古长如夜"，这是古人的推崇，而2400余年后的今天，我不想论及这样的推崇是否偏激或中肯，我的眼前只反复呈现一个图景，总是抹不去地浮现着几辆马车，尘埃弥道，经年累月，在途中，在无穷无尽的途中……

想起另一位哲人。1863年的一个浓雾之夜，一个沉重的影子在伦敦的街灯下徘徊。这人是在走向家的途中，尽管家只隔了几条街道，但"在途中"的这个人仿佛无家可归。就在刚才，在铁路营业部那间嘈杂的办公室里，拥挤着数十个衣衫不整的求职者，而其中就有这个人，他被拒绝了。在街灯下徘徊，他的影子久久未能移动，他的双脚如灌了铅。当他一想到他的妻子，他的女儿，还有他的宝贝儿子埃德加尔，还在家等着他带回已找到工作的好消息时，痛苦就咬啮着他的心。突然他又想起了，这等待他的人中已没有埃德加尔了，因为埃德加尔，这幼小的生命早已被饥饿和病魔夺去了。他是因为过于痛楚而短暂地忘记了他的爱子已夭折。卡尔·马克思（您已经知道这个人就是他了），那天晚上在途中徘徊了很久。那是马克思最困难的日子，但是"在途中"正有一辆邮递马车碾着街道驶来，弗里德里希·恩格斯从曼彻斯特邮来了滚烫的100英镑，击退了药房、面包铺、肉铺、牛奶铺老板要债的乱哄哄的刻薄尖叫，又一次解救了一个伟大的家庭。

一个伟人协助另一个伟人"在途中"继续行进，因之而成就了自有人类以来这个世界上最不朽的主义、最深入民心的思想！

"云开远见汉阳城，犹是孤帆一日程"，多慢的行进速度啊，但在古代只能如此，也正因此，在途中者面对天与地，面对山与水，面对家与国，面对死与生，才有了那么多从容而深邃的思索，才有了那么多凄美的诗篇。而自从"工业革命"以来，机械化的发展缩短了旅程，在途中变得匆忙变得枯燥了，但所幸精神的"在途中"仍在延伸仍在光大。"在途中"永远是一个过程，永远是没有尽头没有最终结果的过程，永远是薪火相传、筚路蓝缕的过程。西西弗斯和他的那块石头还在途中行进，永不停息。

流动的书斋

书斋，在我的印象和想象里，它拥有无数的书籍，并有几样小小的古玩陪伴和点缀着；它是一艘宇宙飞船，带着喜欢读书的人在书的星际之间飞翔。因此，拥有一间书斋，是我多年来孜孜以求而又未竟的梦。

少年时新华书店是我梦中的书斋。我梦想我是一位店员，每天，从早到晚，穿梭、静坐于一排排书架之间，我的存在并不是为了顾客，而是为了我能够陪伴这些书，阅读这些书，拥有这些书，抱书而卧，枕书达旦。我惬意地翻阅，从五千年之间翻到五千年之后，从太平洋彼岸翻到太平洋此岸。然后口渴肚饥，便以书香饱之。

稍长，我走向了社会，走向了生活。站在一望无际的田野上，我手握一把铁锹，口袋里却总是要塞一本书，即使肩挑着沉重的大粪桶，心里也总会念叨一本书。当我坐了下来，坐在田埂上，坐在青草气息和牛羊啃青的清脆声音中时，我便缓缓而舒坦地打开一本书，不知不觉便沉浸于一个美丽的故事、一种深邃的思想里。其时，蓝天白云就是我的书斋，遍野金黄或油绿的屏障就是我的书斋。

后来，我走进了工厂。车间里机器的轰鸣充斥了一切，使我猝不及防，我的梦我的思想被搅得一塌糊涂，无以调整和重设，我像一位失去了先前记忆的人，再也无心去碰一本书。但所幸这样的日子持续得并不是很久，有一天，我终于听到了一种美妙的声音，并把它当成一部交响乐，它那流溢着七彩生活气息和回荡着进取精神的旋律深深地打动了我，它就是这古老的土地上不断发展的工厂里的机器声。这种声音，它所迸发出的东西，我除了称之为音乐还能称之为别的什么吗？我急于诠释它的来龙去脉，于是我忽然想到了书，还有什么比书更丰富更无所不包的呢？不可遏制地，我打开了一本本书，就像重逢老友一般喜悦。诠释的目的达到与否实不重要，关键的是我找回了初衷和适应一切的信心。这期间，我读了司汤达的《红与黑》、雨果的《悲惨世界》、狄更斯的《大卫·科坡菲尔》、托尔斯泰的《战争与和平》、肖洛霍夫的《静静的顿河》等世界名著。

厂区的某个不定的角落就是我的书斋。我的书斋还存在于或被雨丝或被白雪包裹的小屋，还存在于我妻子织毛衣的轻微声响中以及我儿我女的咿咿呀呀的学语声中，还存在于我的朋友来访时的朗朗笑谈声中。这些时候，那些书就以一种独特的温馨气息萦绕着我，就传达出一种遥远而又切近的睿语启迪着我——我的家是一间不规则却充满着阳光、雨露的书斋。

这几年，我四十多岁出门远游在外，从安徽长江边的家乡，来到现代化大都市天津谋生，于是野外的看场屋、刚建好的桥墩一侧，就成了我空气清新、视野开阔的书斋。后又来到这古都杭州，于是小小出租房和室外精致的小公园就成了我优哉游哉的书斋……

虽然，我还不曾拥有一间真正意义上的书斋，我没有条件去造它，也没有钱购置洋洋万册的书去充实它，我永远只拥有一间随着生活和工作环境而转移的流动的书斋，但，我还有什么不可以满足的呢？

朴素的幸福

大约 10 岁时,有一次我挎只畚箕到镇上去捡粪。已经是中午了,在街边看到一副奇怪的景象:一家人手捧着饭碗边吃饭边吼叫,一对夫妻显然是争吵的主角,三个半大的小伙子和姑娘,也不时夹杂着吼几句。他们断断续续地吵,可是一个都没忘记从桌上攥菜,将饭菜扒进嘴里。听了一会儿,我对他们的争吵不感兴趣了,注意力却不由自主地集中在他们的饭碗上:人人碗头上都堆着红烧肉块和大鱼块,这使我喉结不停地蠕动。我看得比他们吃得更香(我认为他们虽然在生气,但饭还是吃得很香的)。我突然很不明白,这样有鱼有肉吃的生活,难道不是福吗?为什么要吵?我痴痴地看着他们吃饭,一直舍不得走。直到现在我才发现,其实那个时辰我比他们更有福(也只限在那个时辰),就是眼福,何况我还将那眼福用精神胜利法转换成了口福呢。这就是我对幸福的最初理解。

"幸福就是吃",这是我老长时间摆脱不掉的一个认识。7 岁的时候,我最喜欢站在自家门口看人,因为这于我是有好处的,时或有人从街上买了吃的回来，看到我那一副可爱的样子，便塞一颗糖果什么的给我。人一馋（也是贪）就难免犯蠢。一次，看到一个姑娘过来了，见她手上托着一个鼓鼓囊囊的纸包，就以为是红糖，就向人家要吃，结果吃到嘴里才知是土烟丝。类似的被捉弄很有几回，但我记吃不记骗，这大概是因为我确实体会到了那种得到了吃而产生的幸福感吧。13岁的时候，我就因吃到了四分之一块蛋糕，那种好吃的感觉便一直定格在记忆中至今抹不去。那种突如其来的甜，那种软绵绵的甜，通过嘴唇、牙齿、肠胃小心翼翼地综合作用，对一个穷家少年来讲简直就是个奇遇。现在我想，除了幸福，再无别的词汇来将其形容。

  我对鲁迅先生之所以非常敬佩，原因之一，也就是他塑造了孔乙己这个角色。孔乙己是个悲剧人物，但他也有过幸福的时光，这种幸福时光就呈现在他排出几文大钱、沽酒、买茴香豆以及当柜饮酒、吃茴香豆并教孩子们茴字的四种写法之时。站在那柜台边，孔乙己宛如某个军阀正在品尝山珍海味。由孔乙己我不由得想起我那可怜的老祖父。他是20世纪40年代末的一个身患痨疾的塾师，为人老实、怕事，但每天却也有大约半个时辰的幸福时光，那就是站在自家开的小店的柜台边，让伙计斟给二两酒，端上一碟花生米或萝卜干，然后就地将酒菜"消灭"掉。多少次我在想象祖父那"二两酒的幸福"时心里是戚戚的，但又想到他毕竟也还有过那短暂的幸福，心中就有了些许安慰。

  幸福，确确实实是需要靠物质来支撑的，但事实证明，物质的富足与幸福的获得并不能成正比。例如贪腐的事吧，一些已挖出和尚待挖出的大小贪官们，何尝不是带着为人民谋幸福的初衷和姿态进入仕途的，但后来却不幸做了社会发展的绊脚石，人民幸福的破坏者。有人动辄弄个几百万上千万甚至逾亿的钱财，却仍不知足，仍刹不住车。表面看起来，他们很沉静地上着班，有条不紊地参加着各种工作活动，其实心里是极为敏感的，一旦有个风吹草动，就夜不能寐，度日如年，而一旦银铛入狱，则肠子都悔青了。即使因为侥幸，暂时没有东窗事发，暂时还拥有着所攫取的巨额资产，但由于其深藏在内心的强烈的惶恐不安，实在难有真正的幸福可言。这些人已将以前所拥有过的幸福和今后应有的幸福自我否认和葬送掉了。老百姓有一句话：有命挣钱，无命用钱，就是指坏人没有福气。

　　幸福，朴素的幸福，只属于靠劳动而收获的人；也只有靠本分的劳动才能获取实实在在的幸福。我接触过许许多多拥有朴素的幸福的普通劳动者，他们出大力，流大汗，做最本分的事，吃简单的饭菜，吹简单的小调，发简单的脾气，始终保持乐观、平和的心态。他们中的一些人凭勤俭节约，凭合法经商，凭多打几份工，凭多承包耕地，慢慢变得富有，购买或盖上了楼房，为儿子娶上了媳妇，为女儿上大学备足了不菲的费用，因而脸上便常漾出幸福的微笑。我的父亲也享受过这样的幸福：干了一天活，晚上收工回家时，妹妹端来一盆水让他泡脚，那滋味是美美的。我曾经也享受过这样的幸福：夏天，在田里或工地上干了一上午活，中午回来，懒懒地坐在门槛上，手上随便翻一本书，身体舒坦地感受着石板的凉意，耳中听到母亲在灶间做饭的声音，饭菜的香气幽幽逸来……那是只有劳动后才能有的舒坦，那是只有简单、平常、问心无愧的生活才有的充实，是生活和工作中可遇不可求的幸福感觉——

　　朴素的生活者常常享受朴素的幸福！

春天最初的微笑

看了一下午报纸,出来的时候,天正下着小雨,野外一片茫然。脚下有一小片紧贴着地皮的青草,它们是季节的司令部派出的尖兵。这些抢地盘的小家伙,看着直让人怜惜不已。

天地之间令人激动地充满、响彻着春雨的身影和步伐,但我一反常态地没有对景抒情,因为我竟然发现那千万条呈斜线下坠的雨非常像鞭子。便又不合时宜地生发出一种这样的奇想:这雨鞭在抽打我的时候,是否也会同时抽打那些占大财而呈小气的人呢?

产生这样可笑的奇想大概跟刚才的读报有关。在一篇文章中我注意到一组统计数字,说是我国每年需要救助的对象包括6000万灾民、超过7500万农村贫困人口、1.4亿退休职工和6000万残疾人,然而在富人如雨后春笋般成长、45%的财富掌握在10%的富人手中的这些年,富裕阶层投入捐款箱的钱却微不足道,仅相当于每年国内生产总值的0.05%;而全国1000万家注册公司中也不过1%的公司曾经捐助过慈善事业。数字透着可悲的色彩。

你说如果雨真是鞭子的话，是不是到了该抽打抽打我们的富人的时候了？

有富人说："我是靠吃苦、勤奋和智慧富起来的，但富了的我却从不敢糟蹋财富，睡觉也不过一张床，就餐也不过两碗饭几碟菜，因为我深知钱这东西是社会的，个人生带不来死带不去。"说得多实在！可是当有机构号召他捐些钱出来救灾时，他却又义正词严地说："我的钱凭什么给别人？！"这样的富人好没意思！也确有一些企业家或者老板偶尔能捐些钱物出来，但就那仨瓜两枣，有几人不是冲着广告效应和沽点名钓点誉去的？不过话说回来，要是大多数富人都能冲着这个目的去做也是不错的。我们的富人为什么如此富有而悭吝？我认为，这乃是由于他们已形成了一个解不开的情结：我手中的财富就是我"一己之财富""一家之财富"！我们的没有社会责任感的富人们大概没有想过，他们之所以能够致富，很大程度上是因为有员工和消费者在做他们的赚钱对象；也没有想过，如果没有社会这个大背景做支撑，没有众多公共因素的交融，他们是不会成为富人的！他们没有认识到，财富之于个人是相对的，而取之于社会归之于社会的属性却是绝对的；更没有认识到，比尔·盖茨们正是因为深悟到这一要义，才将捐献活动视为义不容辞的责任，才将其每年企业利润中的50%至60%捐向社会，才促进了"捐献文化"的形成和发展！

我不赞成仇富行为，但富人的社会角色也确实令人失望。我希望春雨的鞭子能够着着实实地抽打抽打我们的富人，我希冀来自于空中的生命之水能够滋润富人们干燥的良知，从而也生长出一棵、一片、一大片"捐献文化"之树来。

春雨正在发生，说它是鞭子当然纯属我的瞎想，但它从来就排斥虚荣而抵达事物的本质。我又想起了老是有一副春联这样说啊说的：一冬无雪天藏玉，三春有雨地生金。吉祥是不可否认的，但捉摸一下就不免叫人闹心：冬天未降雪，春天极有可能多降雨；只是冬天无雪是为了藏玉，难道就不会也包藏着大量蓄势待发的虫子吗？而即使是春雨贵似油，但两个季节的水集中过来恐怕也难以使土地生金，说不定会反而成灾。这种所谓的佳联无疑是残忍的，少些养尊处优就不会挥笔为之。我只愿水与土地与农民的关系是恰切的，只愿各种之于农业、农村、农民的关系是和谐的。让天空下多些田园风光和诗意的喜悦吧，让春天的流水顺着沟渠更加有序有情地伸展吧！

春雨属于天空下的全体生存者，它用急迫然而却是虔诚的行动表达着它对春天对四季无比的热爱，我也应该对着天地大声地说我热爱世界热爱生活。虽然放眼广袤的原野，日历上所标示的春天在空间中还看不出有明显的体现，但我相信时间和空间是一对榫头，它们在内部之力的驱动下一直都在真诚地做着对接的工作，将很快就会像灵魂与肉体一样再次契合成一体。

在春雨的缝隙中，有一种柔和而冷峻、洒脱而凄美的光在闪耀，这就是春天最初的微笑，它抚慰着我脚下这片低矮的嫩草和身旁柳树枝头那少许的芽苞，照亮了远处油菜地里那零零星星早开的油菜花儿，我仿佛看到了原野上那大片大片的金黄正铺展开来！

孤独的太阳

2018年2月16日，即中国农历新年的第一天，在第68届柏林国际电影节的一间放映厅里，一部长达4小时的中国电影，被宣布获得"柏林电影节费比西国际影评人奖"。

这部名为《大象席地而坐》的国产电影，导演的名字叫胡迁，可是就在四个月前，胡迁却在住所的楼道里，用一根绳子结束了自己的生命，年仅29岁。这个年龄，青嫩翠蓝得就像三月里的麦田。

柏林国际电影节评委组向胡迁的在天之灵致敬，夸奖《大象席地而坐》是"大师级的叙事"。然而当初制片方却看不到或不愿看到这一点。胡迁拒绝他们将这部电影缩短时长2小时的要求，为此他们竟然剥夺了他的导演署名权，并且连一分钱的报酬都不给他，甚至说，他要拿到版权可以，但须交纳350万元来买。

胡迁打小即命运悲惨，后来靠自己的努力拼搏考上了北京电影学院。尽管在生活的重压下苦苦挣扎，但他决不愿苟且。他是被贫穷、欺诈、冷漠和逐利的社会交合逼迫而死的。他为他的理想拼得头破血流，最终只能在黎明前的黑暗中，用年轻的生命为自己的理想和天才殉葬。

　　历史和现实似乎有一个怪圈：不苟且、不媚俗、不附从、不平庸、不欺凌、不屑于参与虚假的繁荣，就只能领受贫穷、窘迫、排斥和打压，甚至就只能被逼迫得唯有一死。胡迁是这个结果，29年前的海子也是这个结果，还有更久远的荷兰籍画家凡·高也是这个结果。

　　1989年3月26日，时年25岁的安徽怀宁籍天才诗人查海生在山海关的一条铁轨上完成了生命的升华，托起他灵魂缓缓上升的，除了随身携带的四部书外，就是充溢在他心里的麦子的异香和太阳的冷艳光芒。

　　海子死后的这么多年，他的诗集再版了再版，年年都有纪念活动，然而这些并不能也不该遮蔽掉他生前那无尽的寂寞和挣扎。生前遭多番冷遇甚至排斥，寂寂无名，以青嫩的年华凋谢后，却被推崇，大放异彩，虽然这是实至名归，但斯人不在，作品依旧，这生前死后冰火两重天的待遇，不免还是让人有点泄气、沮丧和悲凉，甚至感到残忍。

　　天才，尤其是年轻的天才，都是孤独的，他们跑得太快了，掘得太深了，飞得太远了，他们无法回头，他们宁愿在前进的轨道上灰飞烟灭，也不愿力竭而返。他们因此就愈加孤独。胡迁，海子，19世纪的凡·高，以及许多已逝的人类杰出者，都是孤独的太阳。

　　文森特·凡·高平生只卖出过一幅画，这幅叫《红葡萄园》的作品售价仅为400法郎，但凡·高在收到这400法郎时，却纳闷：为什么给我寄来这么多钱呢？这么一大笔钱，我这一辈子还没有见过这么多钱！凡·高，他不知道，他的不管哪一件作品现在都是天价。

　　他不属于他那个世纪，但也不属于我们这个世纪，他属于我们之后的许多世纪。他的光与热，他那个世纪享受不到，因为那时没几个人能够或者愿意懂得他，而今天人们享受到了，因为似乎真真假假地懂得了他，但到头来却一清二楚地将他变成了金钱。不是我们可悲，就是我们这个时代可悲；但却是他的幸运，因为我们这个时代尽管占有了他作品的文本，却不能享有其真正的精神，这就避免了他被完全玷污。凡·高需要继续等待，需要等待新的世纪的到来！

如果你是一个艺术家，是否认同他所说的"一个画家如果太专心他两眼所看到的东西就不能主宰他生活的其他方面"这句话？我认为，这句话表露了他对生活、时尚抱持的态度与众不同，而这也就是他只有"生活"，却没有"生存"的原因。我的意思是，他没有享受到作为一个人生存的起码需要，譬如牛奶、面包以及家室的正常拥有。他为世界留下众多瑰宝，却死于困顿。

孤独但特立独行的凡·高不属于任何画派，不属于任何体系，但他却比属于任何画派和体系的人都单纯，起码比那个叫高更的法国人真诚，那家伙和他一起喝酒，吵不过他，趁他酒醉残忍地割掉了他的一只耳朵，却为了逃脱罪责到处说他是发疯自残。仅凭此一条，我就要说，高更是卑鄙的无耻的。杰出的画家，渺小的人格，这是高更；伟大的画家，善良的人性，这是凡·高！

一个不属于贵族，也压根就不愿与贵族为伍的天才画家，他的精神总是向上，但他的一双凡人的眼睛和一颗凡人的心却总是向下——他以描绘下层人民的生存现状为基调，并以此为自己生命存在的根本。如果能有幸亲睹他的像《食土豆者》这样的作品，我一定会因感受到他那一颗仁爱慈悲之心而热泪盈眶。在博里纳日时他画矿工和他们的妻子，这些女人俯身对着那些矿石；在伊顿时画挖土豆和播种的人；在海牙画老头和老妪，吉斯特山上的挖泥人，谢文宁根的渔民；在纽农画吃土豆的人和织布工人；在巴黎画餐馆和街景；在阿尔画向日葵和果园；在圣雷米画疯人院的花园……凡·高，这个衣衫不整、头发凌乱面容憔悴浪迹于生活最底层的人类仁爱精神的创造者和传播者，只属于不被真正尊重的劳动者——这是整个人群的大多数，"沉默的大多数"，而凡·高就只属于这个大多数！

凡·高倒下了，他必须倒下，因为他的精神不见容于掌握话语权甚至生存权的人，这些人虽是人群中的极少数，但他们或有高贵的出身或有攫取财富屡试不爽的无耻手段……而凡·高没有。凡·高倒在滴血的太阳下。他到底热爱太阳还是仇恨？但是那最后的一刻，他是忘我地仰望太阳，那么专心致志，仿佛在聆听太阳的召唤。然后他用手枪抵住自己的太阳穴，扣动扳机，像当初临近这个世界的门槛时上帝的最后一推。他的脸埋在肥沃又发出刺鼻气味的地里。他回到生生不息的大地母亲的子宫里去了，回到他来这个世界以前的那个地方去了。"他的灵魂终于得到安息，在向日葵隐约的花影下，在青翠金黄交替的麦田环绕中"，在缓缓升向天堂的途中！

只有他的绝笔之作《麦田上的乌鸦》中那些黑色的精灵脱身而出，在他的头顶上盘旋不散，并隐身羁留下来。它们宣泄着他对人世的傲慢和激情：他是一个强者，一个堂堂大丈夫，一个有时粗野有时又天真细腻的勇者！

只有一个人无法承受1890年盛夏的"凡·高之死"，他就是凡·高的弟弟泰奥。他是凡·高唯一的朋友、唯一以凡·高为荣和唯一懂得并支撑凡·高生命的人，这并不仅仅处于亲情，更是处于一个生命对另一个生命绝对的融合与感知。这是真正的手足。凡·高死了，泰奥的天空也消失了——他悲伤过度，终于在凡·高死后的第六个月抑郁而逝。"凡高和泰奥，世界上的骨肉中最亲爱、最好的一对兄弟！"美国人欧文·斯通先生感叹。

"文森特·凡·高，世上最孤独的人之一！"欧文·斯通先生还如此慨叹。这差不多是一种提示：今天的拍卖会上济济一堂的人群并非凡·高的知音，那里只有金钱！

是的，凡·高是一颗太阳，孤独的太阳，它的光与热还没有真正抵达我们的星球！

谁是白痴

随手拿起案头上的一本书，翻到折了角的一页，慵懒地读了起来。这是陀思妥耶夫斯基的《白痴》，一部比较复杂却又清晰的小说。读着读着就来了兴味。

小说的主人公梅思金公爵是一个被所谓正常人视为不正常的人，我想，这大概是因为平庸者在整个人群中占了大多数，大多数总是正常的，余下的少数人当然就是不正常的。我觉得这是一种有意思的现象：人类的佼佼者就在这少数的不正常者中，他们以思想和行为引导着人类文明的发展，但最初他们却并不为那大多数也就是正常人所知或认可。我这样想当然并非仅指梅思金公爵；这个梅思金公爵的言论，他的乖张、乖戾的举动，他的反虚伪的真性情，应该说在其当世和现今都是具有一定典型性的。不合群的、讲真话的、无遮无拦且一针见血的人被称为白痴因而实不足为怪；我们不是白痴谁是白痴？我说"我们"，并非是我将自己也归于了梅思金公爵之类，我毫无不"正常"之处，甚至很平庸，我是说，在一个平常的、亚洲的、午后的、东方的、秋末的天空下，我随便读着一本19世纪的"俄国"小说，里面一个叫梅思金抑或叫白痴的人，其思想和举动我好像也有过或见到过，因而便有了点共鸣，进而觉得自己也可被喻为白痴，仅此而已。

我有些意外，午后的这个等待去上班的难熬的短暂时间，因为随便翻阅了一本叫《白痴》的书，于我便有了些新鲜意义。我把眼睛移向窗外，远处，秋末的山峦在江之南依然放射着苍茫的绿意，使我深深地吁了口气。在许多年代以来，总有一种人，即使处在金碧辉煌、纸醉金迷的环境里，也仿佛困在荒漠中；他们追诉财富的原始积累之过错，痛责现实中随处可见的对金钱"逐逐如野马之尘"的疯狂行为。好像他们是有些端起碗吃肉放下碗骂娘的味道，但实际，由于他们内心激荡着深切的不安，故而与那些因一己的私利未得满足而愤世嫉俗者有了根本的区别，更与那些唯金钱是图者有了本质的不同。他们只能是人群中的异类，只能是孤独者。归于异类的孤独者在初起之时乃至终生，不仅得不到所谓时尚的聚焦，反而被排到主流的边缘，于是孤独者本身的缺陷抑或人性得到了张扬：孤芳自赏、愤世嫉俗、放浪形骸、视财富如粪土因而创造力如日中天是其显著的特征。如果这对世界有什么损害，那就是导致了那些大多数的所谓正常人对他们"攻其一点不及其余"，使他们的人格遭到了损害。但如果这对世界有什么贡献，那就是他们决不因噎废食，决不道尽而返，宁可在太阳消失后的黑暗里羽化而逝，也不走到邪恶的篝火旁和光同尘，而这就产生了潜移默化的功效，在大地上培育了文明的良种。

这种人曾经在我们古代、近现代先辈的队列中行进。后代的"他们"与过去的"他们"所处的时间不同但空间仍旧，他们那种真诚而非做作的负罪感，那种深切的赎罪的行动，那种从一己的灵魂出发向人类共同体推进的坚定，最终乃是为全人类代过，以期获得社会的自新。陀思妥耶夫斯基的俯身面向穷人、老托尔斯泰古稀之年的离家出走，即是其中的显例。包括普希金、果戈理、屠格涅夫等所组成的19世纪俄罗斯土地上这一杰出的人文群体，在遭受禁锢和攻击的孤独状态中，他们的心迹、心声就隐含在其塑造的人物中；他们共同闪耀着的乃是经久不息的人性之光，是全人类享之不尽的大美，这种大美几近于真理，并同真理一道获得永远的存在。

这些人是白痴？！但曾经的确在不同的时段或明或暗地被称为白痴！

我合上《白痴》，抚摸着它朴素的封皮。我忽然这样想，陀思妥耶夫斯基的这部小说是一个隐喻的公开昭告："白痴"乃是一颗由许多时代许多生命凝聚而成的心形的结晶体。练就成这样的一颗心形结晶体需要经受多么大的煎熬多么大的舍弃和多么大的牺牲啊，时间愈是靠后愈是如此！是以，在这个以物质为灵魂、以金钱为思想并随之亦步亦趋的时代，具备先锋的文笔、敏锐的眼光、周密的思维以及负重的精神者虽众，但一颗心形的结晶体何在？但愿大善大德大悲大智大勇者脱颖而出或曰横空出世不再遥不可期！

男人的愤怒

20世纪90年代是中国改革开放大张旗鼓并获得丰硕成果的时期，现在想来，那个时期是有许多让人激愤、让人血脉偾张的事情发生的。1994年1月，有一部由郑晓龙、冯小刚执导，姜文、严晓频、王姬等主演，收视率极高、产生了很大轰动效应的电视连续剧，因其新颖、尖锐的视角，巨大而丰富的时代蕴含，就曾令我相当激愤。特别是每一集开始时，听着由刘欢饱含激情演唱的那首直抵人心的主题曲，我的悲愤之情简直难以自抑。

最不能让我忘记的是这样一个镜头：一个北京男人，站在美国大都市纽约的一条街上，望着妻子远去的背影，忽然泪流满面。

是的，我说的是《北京人在纽约》这部电视剧。王起明，一个琴手，一个中国艺术家，带着娴雅的妻子郭燕来到纽约，企图实现淘金梦，结果他沦为了餐馆洗盘工；妻子虽然找到一份较好的工作，但却被外国老板大卫爱上，而她的心也渐被那种"美国风度"收去了。

站在大街上的王起明泪流满面，坐在电视机前的我也控制不住地泪流满面。面对此情此景,我想凡是有血有肉的男人都会泪流满面的。然而仅仅是忧伤地哭泣吗?不!我委实还感到了十分的愤慨。但我的愤慨却丝毫不对着那个薄情的女人,也不对着那个美国男人,对着谁我无法说得清。我认为,一个美国男人追逐一个中国女人的小小的成功,就意味着一个中国男人大大的失败,尽管这个中国男人也俘获了别的女人——华人阿春的心,并且在生意场上获得了许多胜利,包括咸鱼大翻身挤垮了那个外国男人大卫,最终成了富翁,但夫妻劳燕分飞成为陌路人、女儿反叛父母而至堕落,这种代价太大,这完全不是他设想的、需要的结果啊!

实际的失败者是谁呢?非王起明莫属!请问:是谁失去了曾经与之同梦幻共患难的人生伴侣?是谁的心之双翅折断了一只?是谁失去了初衷?因为这些失去,王起明所获得的物质财富所呈现的意义便要大打折扣,按照我们中国人的传统观念,甚至可以归为零!

这种失败感呛得我喘不过气来。我恍然把自己当成了那王起明,感到了一种巨大的压抑和烦躁。我简直沸反盈天,像一头困兽,站站,坐坐,动动,停停,折钢笔,踏烟头,只差没有向无辜的电视机砸上一拳。

尽管愤怒,我还是理智下来了。于是我思考:是什么触动了我?我无以解释。我的妻子好好的,没有被谁夺去和即将离我而去的迹象。我知道我虽清贫,但我的妻子断不会被外面的精彩诱惑得不顾结发之情离我而去。那么我的愤怒究竟是缘于什么呢?

我只好找找也许有关也许无关的方面。我想,如果我们没有搞过长达十年的"艰难探索",那么国家经济建设或许早就起飞了;如果我们的乡村已经富有,没有像报上多次说的尚有上亿贫困人口的情况,那么,我们就不会到城市里去打工,演出一幕幕打工妹打工仔(现在统称为农民工)的辛酸剧了;如果我们的城市已经富有,那么,我们也不会漂洋过海到别国去圆发财梦,从而演出一幕幕更大更离奇曲折的辛酸剧了。

这些可能就是引起我愤怒的部分原因吧。

我继续"思考"：拨开意识形态的云雾，一个共同的问题是贫穷和如何消除贫穷。我们目前还来不及让大多数人突然富裕起来，于是许多人难免背井离乡漂在城市甚或铤而走险漂泊异国他乡。然而他乡和他国又如何呢？总不至于随地就能拾到人民币和美元吧？于是王起明们的遭遇就会一茬茬地发生，我们的愤怒也就会一次次地产生。

男人为什么愤怒？我这个二十年前颇为愤怒的男人，在二十年后的现在想这个问题时，竟有种恍如隔世之感，我那愤怒的情绪早已趋于强弩之末了。现在我们国家的GDP已经稳居世界第二，迅速地超过了老牌经济大国德国，更是昂首挺胸地，把旁边那个危机意识沦肌浃髓的日本挤到第三的位置去了，现在正在奋力追赶当年王起明们为了淘得大把美金而跑去的美利坚。我们正在为实现中国梦而戮力同心。尽管我是一个农民，一个漂在城里的辛苦打工者，但我也觉得我们有时候真可以开心地笑一笑了，可以自豪一下子甚至可以不自满地骄傲一下子了。

然而，我也知道，中国梦的最终实现是任重道远的，因为我们还有一些痼疾，还有一些这样那样的差别和不公、不和谐的问题存在，我们必须填平前进道路上的沟沟坎坎，为此，我们仍需加倍地执着，甚至仍需适时地愤怒——就像二十年前电视剧里的王起明们和千千万万看这部电视剧的观众一样。

过度快乐易使人忘乎所以，而适时愤怒则一定让人绷紧奋发之弦！

一次意气之争

　　我面对的这几个江苏人,来自无锡一家从事彩钢生产及彩钢房屋建筑的企业。因为我们厂要建一个轧花车间,打算交由他们以包工包料的形式来承建,为此他们风尘仆仆地来到我们厂。不料谈了一上午,硬是没能搞定,主要原因是我方出于更加稳妥的考虑,坚持要求对方出具法人代表的全权委托书才签合同,而对方没有带。无锡人虽窝了一肚子火但很无奈,只得表示同意过几天再来一趟。

　　中午我们宴请他们。宾主喝酒吃菜,几杯酒下肚,气氛倒也融洽,天南海北地闲扯起来。对方为头的吴先生说,西部地区环境差得很,人的观念也跟不上。他还说西部比他们江苏起码要落后五十年。

　　我忽然插上一句:那我们安徽呢?他不假思索地说,落后十年差不多吧。我们心里不是个滋味,就问他安徽落后在哪里。他说安徽人脑袋瓜不灵活,办事效率太低,做不来生意,明明饿得要死见到食物却不敢动,怕有毒。他还说,在他们那里只要是看准了的项目只几分钟就能搞定,否则厂里要追究办事不力的责任给予罚款,而安徽人做事却总是慢慢吞吞，总是要"研究研究"，研究一次就是好几天甚至十几天个把月，黄花菜都凉了。"你们安徽人就是六神无主，想吃河豚又怕毒死，不行的！"我方的两个领导听了直皱眉头。

可是吴先生只顾深入："你们安徽不仅经济落后，文化也落后！"此语一出，我们的一个领导终于不干了，他沉下脸说："安徽古代有老子庄子，清代有统治中国文坛两百多年的桐城派，现代有胡适、陈独秀、陶行知，恢复高考以来安徽每年考取大学的人数在全国都处在前列位置！"这位领导以为甩出了一枚重磅炸弹，不料对方的回应又把他气得够呛："那些都是知识分子，是总人口中的少数人，何况文化不一定是专指识得多少字，有多少古老的人文景观，用现代眼光来看，文化更是群体的精神、观念、思想、信息的先进体现，是综合素质的一个高水准；安徽的农民还沉浸在传统的农耕文化中没有醒转过来，城市职工还处在比上不足比下有余的心态中，而政府部门则观望等待说的比做的好，这不就是文化落后吗？不然安徽经济何以发展比较滞后？而经济落后难道不就是群体文化落后、素质低的直接反映吗？！"

这时我们的另一位领导也憋不住了，发出连珠炮："你们江苏比浙江如何？你们苏北比安徽好多少？五六十年代有多少江苏人逃荒到安徽又有多少人在安徽安家落户你知道吗？还有那时候有一副对联'两间东倒西歪屋，一个南腔北调人'你知道形容的是什么人吗？！"对方竟不愠不火："历史只能说明过去，今天呈现的是活生生的现实。今天长江中下游地区就你们安徽夹在中间可怜兮兮的，其实安徽区位优势和外部环境并不差，差就差在思想观念上、办事效率上，如果这些问题解决了还是很有希望的！"

双方唇枪舌剑，互为贬低，互揭老底，酒杯碰得桌子嘭嘭响，脸都涨得通红，一半是酒冲的，一半是气憋的，所幸还算保持了最起码的隐忍，未至于闹翻。饭毕告别时，吴先生一一握着我们的手直道歉，说他是一直肠人,一喝酒就关不住嘴巴,请我们不要把他们刚才的胡说当真。他说过几天后他们一定再来一次,可实际一直都没再来,他们放弃了我们的这个工程。

我现在坐在灯下想:他们何必道歉,他们说错了吗?错的应该是我们,因为我们连听他们批评的虚心和勇气都没有,而且既自卑又自大,我们应该主动向他们道歉并感谢他们难得的针砭才是。

播种一点淡泊

淡泊,对每一个人来说,内心里无疑都是非常向往的,但现在它却像一盏废弃的油灯,在电灯光下我们总没顾得上去点亮它,使它蒙上了灰尘。

我们总是向人辩解和自辩:要挣钱以养家糊口,要积极以稳固饭碗,要拼搏以获得发展……总之,要生活,要工作,要进取,要奋斗,要做优者、强者,要获得面子、里子双赢。因而,实在是太忙了,难道这样有什么不对吗?

但是,我们却没有想到,我们已在越来越委曲真正意义上的"生活",活得太紧张,太压抑,太计较,甚至太惶恐不安了!

只有淡泊与我们无缘;它也不来找我们。当然是我们忘记了它,而它却是时刻保持着接待的姿态的。

我们向往淡泊,它躲在什么地方呢?

淡泊既是一种心境的饱满和宁静,又是一种行为的准则,既是对游戏规则的一种检审,又是向自然法则的一种学习。烈日下迎取的一片清凉,困难面前的潜心积蓄,屡遭挫折而保住初衷的调整,以及子夜时分置身天籁之中的忘我浸润，都是对淡泊的一种体悟。

我们常常哀怨自己的付出与所得不能成正比，其实，我们的歉收并不在物质上，而是在精神上，是一种正缺失的本真的东西在使我们不自觉地痛惜！

一株秋禾，自然而舒坦地躺在田野上；一弯初月，无论是在乡村还是在城市的天空，都走向圆满；一丛野花，暗香浮动月黄昏。这些难道不是我们能够学习的淡泊吗？

不计较天阴天晴；不计较鸡虫得失；看一看一片透明的白云是如何的不遮挡阳光的照耀，不遮掩月的妩媚；想一想那乌黑的煤层，是如何的不哗众取宠，不自我炫耀。这些难道不是我们能够把握住的淡泊吗？

如此，无论走向哪里，无论身置何方，我们都能渐渐变得从容不迫，都能面含微笑地对待荣与辱、得与失，从而远离城府深似海、急火烧透心的算计与煎熬。

"淡泊以明志，宁静以致远"，是古人的淡泊；"战地黄花分外香"，是战斗间隙的淡泊；一杯清茶、一本书、一支曲子、一段回顾、一个人，是我们今天的淡泊。

淡泊就是凝聚的力量，就是无声的召唤，就是沉默的号角，对此谁能否认呢？

当然，淡泊还有许多种，只有清高而孤僻不是淡泊；脱离现实逃避责任与义务形同隐士不是淡泊；躲到暗角或怨天尤人或沉溺于清谈却不思进取不是淡泊；腰缠万贯却财大气粗颐指气使、不屑于他人不是淡泊；对一切都抱着无所谓的态度不是淡泊。

真正的淡泊是心地方正的工作、默默无闻的奉献、真心诚意的建设与无微不至的热爱！

淡泊的人活得真实活得坦荡，淡泊的集体充满团结的力量充满战斗的激情。

播种一点淡泊吧！

关于水

关于水，我能说些什么呢？

我自长江之滨来到这水乡大都市谋生已有两三年了。在我上班的这家企业里，我几乎日日都要遭遇到一种令我心痛心悸的事情，就是水的无限制使用，不，是恣意地浪费，大肆地糟蹋。我那个工区里的人，洗衣服都是用自来水，这不算奇，奇的是，把泡着衣服的盆或桶放在自来水龙头下，让龙头哗哗地开着，人却去干活或逛去了。有几次，我遇到后，会抢上去把水关上，但过会儿回来一看，龙头照样哗哗开着，还照样冲着那盆衣服，水量比我关之前还要大，似在表达对多管闲事之人的愤怒。每天都有人这么"洗"衣服、"洗"鸡鸭鱼肉之类，人人习以为常。

更让人触目惊心的是洗车。你知道他们怎么用单位的水洗私家小汽车吗？用直径40毫米的橡胶管子接在水阀上，把阀门打开，让水从管子里涌出，然后对着爱车冲上个五六遍，如果上一日下过雨，则要加倍地冲。冲毕，就用毛巾擦车，这时候，是否该关一下阀门呢？才不关呢，所以粗如老式电筒的水还是照样从管子里全速地奔出，在地上漫溢，在下水道里汇合。洗一辆车的时间一般半个小时，长则40多分钟。每天都有人这么气势磅礴、恬不知耻地干。以一斑可窥全豹，这家大型企业的其他部门，对水的管理也不会好到哪里去，而别的企业，也是可以想见的。

我曾以开玩笑的口吻对他们说：你洗一辆车的水，可以管西北省份一个乡镇全体人民一天的洗脸、洗脚水！我的意思再明白不过——他们洗一辆车的用水量，恐怕相当于人家一个乡镇全体农民，一天生活用水量的总和。我老家也是水乡，但我可以肯定地说，我的乡亲从来不敢这么糟蹋水，因为人们爱惜水，敬畏水。也许是出于这种本能，所以当我见到这种心安理得地糟蹋水的行为时，就不由得心惊肉跳起来。我认为，糟蹋水就是暴殄天物，而暴殄水这种天物者，是对水既不懂爱也不知恨更不敬畏，意识已然麻木的人。

在老家的时候，我对水的问题就很敏感。记得有一年的汛期，豪雨连绵不绝，长江里的洪流在咆哮，内河、内湖里的浪涛在猛拍堤岸，天上的水、地上的水轰轰烈烈地合奏着令人极其不安的交响曲，水的险恶嘴脸再一次原形毕露，而人与水的搏斗也终于进入了高潮。洪水以各种不同的方式打乱了每一个人的生活。

我家四周成为汪洋已有一个多月了，几间房子成了孤岛。但我们又算不得受灾户，因为房未塌，树未倒，于是该做什么还须好好做。每天到纱厂上班是我最头痛的事，首先必须面对涉水这一大难题。其水既污浊又恶臭，这是附近一家油脂厂排放的污水造成的，天上下来的水一概成了它的俘虏——同流合污了，且水深过膝，想穿胶靴过去是不可能的，只能打赤脚且高卷裤筒战战兢兢涉水，那感受很难形容，只有一字尚可表达一下：苦！

于是就不想去厂里上班，但这事又不好请假。只好克服困难去上班。到了厂里，往办公室一坐，就盼望着有写材料的任务交给我，这样就可以回家写，待上那么两三天，就不用每天频繁涉污水了。偏偏这几天没有什么较大的材料可写。其实我对写材料这苦差事平时是避之唯恐不及，这种无中生有、涂脂抹粉的勾当我干得年头实在是太多了。但特殊时期，频涉污水与写烦人的材料，两害相权，当然是取后者了。

  这种天气，还动不动就停电，停电电扇就死，蚊子就高唱凯歌，一群一群的，声音大，来势猛，特别是其俯冲的气势是很骇人的。更要命的是停电还伴着停自来水，刚刚从扁担和水桶的压迫下解放的我，实在缺乏应变能力。其实即使有又能怎样，你能挑着担子涉臭水吗？你能在方圆三里内找到水井吗？于是就恨自己脑筋差劲，忘记未停水时往水缸里储水。没有水，自然饭也做不成，澡也洗不成。望着四周皆是的水却不能舀取享用，这就是尴尬。

  "舍南舍北皆春水，但见群鸥日日来"，点起煤油灯，就拨亮了杜老先生的这两句诗，只是画饼充饥而已。随手翻看从厂里带回的一张《人民日报》，一篇题为《暴雨"查"灾情》的小言论引起了我的注意。文中主题词似的字眼是：暴雨、暴露、水利、排涝、固若金汤、失修、滑坡、污水处理、应付上级、市镇建设、基础设施；层层承包、偷工减料、不合理、暗箱操作、潜规则等字眼也赫然在目。联系我正处的情景，我若有所悟，情绪竟然好了许多。这时，大雨又哗哗下起来了，明早水位又要升高几寸，长裤卷得再高恐怕也涉不过水去了，那就只能穿着裤衩，在冒着粪窖里沼气泡似的水泡阵中，半游过去。猛然想到，明天其实是不用去厂里的，因为两个小时前厂里打来电话，要我赶写一份贷款报告，后天交稿。可以在家里待一天，心里不禁一阵松快，竟手舞足蹈起来，似乎待在家里一年还可以照样拿工资似的。但开心过后，我又回到了对这个季节的水恨得牙痒痒的状态，不过我恨的究竟是不是水呢？

  关于水，我还能说些什么呢？！

正常与否的问题

不免会见到这样一种人：在阴风怒号、淫雨霏霏的天气里，他显得精神振奋，但在天高气爽、色调艳丽的日子里，他却显得心情抑郁或愤懑不已。

这似乎是不正常的。于是有人便干脆称这种人为神经过敏者，甚至精神病患者；但就是没有想过这种人是可爱的性情中人。

这种"反其道而行之"的不正常的表现，实则呈现出了事物的一种本质：世界从来并非一个平面，在同一种景致下，人的思维活动并非处在同一的轨道上。而有人却过于关心，偏要拿"正常"与否的模子去框衡，以所谓的"非我族类其心必异"的尺码去揣度。此类故弄玄虚的忧思，有时达到甚嚣尘上的程度。

那么，一个"正常"人与一个"有病"的人有什么区别？无非前者随波逐流，善于迎合，老于世故；后者不堪权变，指马为马，见红说赤，心口一致而已。

"正常"人、"有病"的人到底谁更真实？一些众口一词的真实实则最可疑！想想许多所谓的荒唐的真实，譬如鹿成为马，皇帝的裸体成为新衣，贪官成为劳动模范等，就心知肚明了。

难道花好月圆的天气里就非得高兴非得吟咏佳句吗？每个人的内心都是一个无边际的隐秘世界；每个人的心理世界所容纳的高山平地、河流丘陵、城郭乡野、高楼大厦、茅屋草堂、绿茵场地、高坡沟壑、雄鹰翱翔、鸡犬爬行、车水马龙、门可罗雀、就业失业、恩爱怨怼，等等，等等，均有别于他者，且呈现的时间未必都一致。凭什么说你高兴的时候别人忧愁就是不正常，就是有病？！

不妨这样问一问想一想：一个发了财的人，因为高兴恰又碰到好天气，便直把地球仪拨得滴溜溜转，这举止自然可以判为正常，但要是他忽然变得烦恼以致掏出一把钞票就撕，难道说这个人就"有病"了吗？而一个屡遭打击老是不顺的人，因为烦恼恰又碰到坏天气，便直咒天骂地，这举止自然可以判为正常，但要是他忽然变得高兴以致手舞足蹈，难道说这个人精神就失常了吗？结论是简单的：我们是人，既是人，理应有喜怒形于色的时候，理应有宣泄的时候，否则人生岂不只有一色？人的面孔不就只有一张无形状的白纸？

流传的《鬼谷子致苏秦张仪书》云："子独不见河边之柳乎：波浪激其根，仆御折其枝，此木非与天下有仇焉，盖所居者然。夫华霍之树檀，嵩岱之松柏，上叶干青雪，下根通三泉，上有鸾鸟凤凰，下有老豹麒麟，千秋万岁不逢斧斤之伐，此木非与天下人有亲戚，亦所居者然。"这一古老的信息传递的是一个简单的道理：一个人所呈现的行为举止与其所处的自然环境或拥有的人文境界是有重要关系的；有近水楼台先得月的君子之泽，亦有千里之水流至门前已矮三尺的不公，均为环境使然。

高有可能并非真正的高，矮有可能并非真正的矮——如果脚下所站立的位置对换，高矮也会随之互置。因此也便可以说，在同一的天气里人各有忧乐或忽忧忽乐，也是因为位置、境遇不同所致。

"平林漠漠烟如织，寒山一带伤心碧"，这般如诗如画的好景致，那李白偏偏把它看成是"伤心碧"。"自古逢秋悲寂寥，我言秋日胜春朝；晴空一鹤排云上，便引诗情到碧霄"，那刘禹锡偏要说残秋胜阳春。李太白肯定有李太白的意思，刘梦得肯定有刘梦得的道理吧。

无论是什么样的境遇——发了财还是依然捉襟见肘，无论在好或坏的天气里高兴与否，只要是认认真真地做事，方方正正地做人，都是正常的人，都是热爱生活的人！